北京电影学院视听传媒专业系列教材

新媒体短片剧本创作

赵 丹 著

浙江摄影出版社

全国百佳图书出版单位

编者的话

新媒体时代的来临，促使影像艺术创作发生自主转型。这种转型与时代发展、媒介变革和人文进步等密切相关，既体现出新媒体新的内涵，又将时代与人物命运的议题摆在我们面前。人类发展离不开媒介，人类借助媒介交流信息、启发思考，推进文明。新媒体的常态化，促使人们之间信息、情感交流变得更为便捷、交互和细化。人类，逐渐走向新媒介生存的场域之中。

站在这个全新的场域中，我们倍感欣喜地认知他者、社会和自我。时代赋予我们认知的权利，媒介赋予我们认知的能力，而影像，更是成为新媒体时代人们日常交流的工具。视听新媒体的诞生加速了人类文明的进程，短视频、网络直播、自媒体等新形态的出现，为艺术创作提供了一种全新的思路；传统电影的新媒体化转型，表明了电影艺术在新媒体时代有了较好的适应力；更为广阔的受众群体的转型，更是体现出大众文化和流行文化等多元文化的发展对人类产生的深刻影响……我们生活在美好的新时代，展望多元的新媒介发展，带着欣喜，带着渴望，更带着教育工作者的责任！

二十多年前，我曾与浙江摄影出版社合作，主编《北京电影学院摄影专业系列教材》。至今，全国各高校依然在使用这套教材。在二十多年后的今天，有幸再次与浙江摄影出版社合作，主编这套《北京电影学院视听传媒专业系列教材》。本套教材，尚属国内首批视听传媒专业教材，教材的出版，将有益于当今中国高校视听传媒专业教育的发展，对各高校创建视听传媒专业无疑是雪中送炭。

在此，要特别感谢各位编委，正是因为大家的辛勤努力，才有了本套教材的问世。

感谢浙江摄影出版社几十年来对我们工作的支持与帮助。当然，此套教材在编写与出版过程中难免会有不完善之处，敬请各位老师、同学和读者谅解，我们会在今后的工作中加以完善和改进。

谢谢！

宿志刚

北京电影学院视听传媒学院院长

2021年4月

目　录

序

市面上关于剧作写作的书林林总总，为什么又要写一本新的剧作类书籍呢？

综观市面上关于剧作创作的书籍，几乎皆为长片剧本创作类教程。而实际上，无论是电影院校的学生，还是电影爱好者，创作之初定是从短片入手。一上手就创作长片的可能性微乎其微。其中，短视频内容又是最受欢迎且最流行的主要创作内容。结合笔者在北京电影学院开设的"短片剧本创作"这门课，总结课程内容和学生实践，外加我对于短片创作"视听化编剧思维"的思考，从而形成了这本短片剧本创作教程。

我想跟读者先"交个底"，这不是一本"How to"类的手把手教你如何编剧的工具书，而是一本从创作思维入手，以期改变传统短片创作的思维，打开编剧创意思路的书。有幸的是，早在古希腊时期，亚里士多德关于戏剧的理论已经给我们提供了大体框架，而悉德·菲尔德、罗伯特·麦基等一众剧作导师用他们的著述也引领我们进入编剧技艺的大门。站在这些巨人的肩膀上，再结合近年来对于学生短片作业的一些浅薄感受，期许在理论教学和学生的创作实践中都能派上些用场。

假若正在读这本书的你愿意进行剧本创作，那么我对你的期许是，提前先熟读以上提及的这些关于剧作的经典论述。不要被他们的鼎鼎大名吓倒，你翻开书页会欣喜地发现，无论是亚里士多德，还是悉德·菲尔德，说的都恰好是你想知道的，而且也能给陷入苦思冥想的你指出一条明路，或许还能于创作困境之中将你解救出来。

本书将短片剧作比喻成一次旅途，全书分为四个部分，分别是"上路之前""在路上：关于短片你需要知道的一切""岔路口：视听化的'另类'剧本"，以及最后一部分"抵达目的地"。

第一部分是在开始创作之前，也就是正式踏上"旅途"之前我们需要打包进行李箱的内容。这一部分对于短片的重要性、成为编剧的条件、剧本以及剧本格式做了界定；第二部分是介绍沿途的重要风景，探讨关于短片的所有知识，包括短片与长片的区别、短片的特质、短片的结构等方面；第三部分的第十一章名为"视听化剧本"，分别从导演思维、摄影思维、美术思维来探讨"整合编剧思维"拓展的可能性；第十二章"剧作与技术"以及第十三章"'另类'剧本创作"，是全书理论性最强的章节，也是全书最不好读的部分，因为这两章从剧本史的角度，详细论述了技术对于剧作的影响，以及非传统的"另类"编剧方法。给读者一个建议，如果你正着急创作手头的剧本，那么你可以跳过这一章节，先继续往下读，因为接下来就是第四部分："抵达目的地"。在这一部分，你会惊喜地发现短片创作常走的弯路已经被总结出来，并且还有针对短片创作的七大建议，甚至还有一些你可以用来开发创意的好玩的练习题。

我们看电影的时候到底在看什么？电影特殊的吸引力究竟来自何处？

一部被拍摄记录下的"戏剧"和一部有着戏剧因素的"电影"，这是性质完全不同的两件事。巴赞在其代表作《电影是什么？》里，用了"现场感"（presence）这个词来形容电影观众的感受：就是观众仿佛跟银幕里的事物存在于同一个时间与空间里，并且持续存在。他把这种幻觉归功于透视的实现，使我们可以在二维空间的平面上（银幕画框），相当精确地还原、创造出三维空间。所以，一部电影在最初构思的时候，就应该是由视听元素组成其最主要的躯干。当然，文学的素材、戏剧的素材，以及其他各式各样的素材，都是电影的构成因素。但是非常重要的一点，就是我们要学会运用视觉造型的各个因素，从电影思维的角度去组织，去结构。

在新媒体时代，我们几乎不用通过打动投资人或制片公司，就能用视频内容在社交媒体上创造和分享我们的作品。从短视频的流行中我们发现，全民都成为故事讲述者，各行各业也都需要讲述故事。这本书写在新冠疫情期间，因为突如其来的居家隔离，更多人开始尝试和摸索如何用"线上"这种新模式来进行创作。无论是普通剧本创作，还是 BBC 或 Netflix 制作的专业剧集，大家纷纷用手机、ZOOM 进行线上的彩排和远程拍摄。

如同电影史上一些同时肩负多个职责的电影人，现在这个时代对于肩负多职责的从业者成了一个默认的要求。越来越多的电影人在同一个项目或是不同的项目之间，在编剧、导演、剪辑、摄影、美术设计等不同职位间交替工作着。当然，这更多地发生在短片和独立电影的世界。

基于这些理由，本书提出对"视听化编剧思维"进行探索。这个观点的提出是基于笔者六年来对于学生短片创作指导的经验所得，可谓浅显的认识。笔者斗胆将这些浅薄的认识记录总结下来，是因为在学生的创作中，"视听化编剧思维"不断被证明对于短片剧本的创作是有效的。所以姑且抛砖引玉，与广大的读者和创作者进行交流探讨（我的邮箱：zhaodan@bfa.edu.cn），以便在接下来的教学和创作之路上继续探索更深入的话题。

比起好莱坞类型化电影，短片其实更像是欧洲影片，每一部都具有自己独特的气质。因此，我们没有必要去模仿好莱坞类型电影的结构与工作方式。但这对于电影院校培养学生是一个悖论。从理论上说，电影院校是为培养适合电影工业流程的工作者而开办的。但在教学过程中，我们又抱有保护每一位学生珍贵的艺术创作初心的理想。如今在当代电影和媒介实践中，"专业"这个词正逐渐变得无意义，就如同在音乐、文学或摄影中用到这个词，就会被人当作老古董，甚至会尴尬。因此，当我们思索编剧的教学时，应当考虑正在变化着的大环境，无论是在叙述形式上，还是在实践上。说远了，我们还是先一起踏上这条短片剧本创作的征程吧！

赵 丹

2021 年 4 月

第一部分　上路之前

第一章
缘　起

1

第一节 短片的重要性：不只是学生作业！

好莱坞流传着一个故事，有的人（包括故事的主人公）说这是一个真实的故事，另一些人则将之称为传奇。故事讲的是一个怀揣电影梦的 19 岁男孩，不想待在老家亚利桑那州，却也没考上南加州大学（USC）或者加州大学洛杉矶分校（UCLA）这种电影名校。于是，他决定搬到洛杉矶，就读长滩州立大学。当时，长滩州立大学并没有电影学院，他就找了另一个进入电影行业的途径：在一次环球影城的参观中，他擅自离开参观团，在影棚里找到一个空房间，他将这个空房间变成了自己的"办公室"，并且还做了个假的环球影城的员工牌，穿的也像影城员工一样，成功地混入他们中间。因此，他可以自由进出影城，肆意观察各个电影或剧集的拍摄。一天，一个制片人发现了他的假身份，打算将他赶出影城。在他被抓住时，他说服了制片人看一眼自己的片子——一部曾在电影节上展映过的短片。制片人看了片子，意识到这个孩子有着非凡的才华，当即就雇用了他。这个 19 岁男孩就是著名导演史蒂文·斯皮尔伯格（Steven Spielberg）。从此他成为史上拿到电影制片厂合同的最年轻导演（19 岁）。然后，接下来发生的事情，大家都已经知道了。

短片《安培林》（*AMBLIN*，1968）就是斯皮尔伯格拿给制片人看的那部片子。25 分钟的短片几乎没有对白，用影像和音乐完成了一个爱情公路片的叙事。正是这部短片，使他获得了在电影界的第一份工作。制片人从中看到了他身上具有的别人没有的东西。正是这部短片，使他抓住了制片人的眼球，也成为斯皮尔伯格走向成功的关键一步。斯皮尔伯格的制片公司——安培林娱乐公司（Amblin Entertainment）也是以这部短片命名的。七年之后，斯皮尔伯格拍出了电影巨作《大白鲨》。

其实，不只是斯皮尔伯格，许多导演都是通过短片开启自己的职业导演之路：短片为他们赢得制片公司的青睐，制片公司愿意为他们的创意买单。他们中有的人甚至已经写好长片剧本，无奈没有投资，只好先用很少的资金拍摄短片，以此来给投资人展示自己的才华和制作能力。

比如《爆裂鼓手》（*Whiplash*，2014）的导演达米恩·查泽雷（Damien

Chazelle），他也是通过短片走向了奥斯卡之路。他从自己的长片剧本里选出一整场戏，也是该影片中最激烈的一场戏，将其拍成一部 16 分 25 秒的短片。查泽雷在接受美国《娱乐周刊》采访时说道："我希望这部短片可以为我带来资金，让我有机会拍摄长片。"事实正如他所愿，这部短片获得了圣丹斯短片大奖，因此给他带来了拍摄长片《爆裂鼓手》的机会。正好一年之后，这部令人既紧张又兴奋的影片赢得了圣丹斯评审团大奖。因此，才有了后来大受欢迎的《爱乐之城》（ *La La Land*，2016），他甚至还获得了第 89 届奥斯卡最佳导演奖。

短片创作的重要性不言而喻，它不但是电影院校培养学生的一个训练手段，还是能够进入业界拿下长片拍摄合同的一块敲门砖。既然绝大多数电影人（不光是学生）没有资金或资源去拍摄一部长片，所以在有机会拍长片之前，短片就成为展示写作才能和拍摄才能的最佳途径，而且还能帮助创业者获得业界的关注。更重要的是，在如今这个短视频流行的 5G 时代，无论你今后是否有机会拍摄长片，短片本身也是一种媒介，它绝对有力量完成你的表达诉求。

第二节　Quibi 来了，狼来了？

新媒体时代，短视频、Vlog 的兴起，抖音、YouTube 和 Vimeo 的流量证明了独立电影与短视频的爆炸式发展。新形式的公司正在不断繁殖：从在线流媒体平台 Netflix 到 Amazon Prime，再到优质短视频内容服务商 Quibi，它同时支持横屏和竖屏两种观看模式，并伴随分别符合两种模式的视听语言，甚至还可以把一部 2 小时时长的电影长片分成 12 个可独立，亦可联合播放的"章节电影"提供给观众。

数字革命以及它所带来的拍摄、发行手段的民主化，解放了我们，至少是潜在性地解放了我们。如同文学或音乐，有人是否"在行业内有份工作"跟一份"佣金"工作之间的差别已经微乎其微了。正在发生的这一切都要求我们转变传统的剧作思维，培养全方位的电影创作思维来进行剧本创作。

在这个生机勃勃的叙事世界，传统创作中的编剧、导演、剪辑、摄影或者录音师以及其他一些职位，都是有明确的分工和职责。而这一传统正在被狠狠侵

图 1-1　Quibi 同时支持竖屏、横屏两种播放模式，对应不同的视觉语言

蚀。这些"未受过专业教育"的自发创作者如今已经彻底颠覆了行业内旧的秩序和分工。

有趣的是，早期电影的创作现象与当今新媒体时代有诸多相似之处：查理·卓别林（Charles Chaplin）自己作曲，卡尔·西奥多·德莱叶[①]自己负责美术设计，安德烈·塔可夫斯基（Andrei Tarkovsky）自己拍摄，更别提许多 20 世纪初期的导演 / 剪辑师以及编剧 / 导演。再环顾我们周围的剧作世界，有很多创作者都在自己编剧的同时，也自己拍摄，自己制片，自己剪辑。不得不说，更有一大批 Vlogger 甚至还自己出镜表演。

那么 Quibi 等一众新兴内容供应方式的出现，对我们的剧作来说意味着什么？横屏和竖屏两种观看模式带来不同模式的视听语言，是否要求我们的剧作也要探索不同的模式？一部被分为 12 个可独立、亦可联合播放的"章节电影"，又对我们的剧作提出了什么新的要求呢？

---

① 卡尔·西奥多·德莱叶（Carl Theodor Dreyer，1889—1968），丹麦艺术电影创始人之一，影响了后来很多导演，比如罗伯特·布列松、拉斯·冯·提尔、西奥·安哲罗普洛斯等。

第二章
灵魂拷问：你是否要成为编剧？

诗人写诗，小说家写小说，剧作家写话剧，按照这个逻辑，编剧写……"编"吗？

在众多的写作者中，编剧最为不同，比起语文课上所学的遣词造句，编剧的任务更多的是把影像的创意"翻译"成文字。如同所有其他写作者，为了完成作品，编剧需要运用语言。但其实，语言并不是编剧"工具包"里最重要的工具。

编剧必须首先是个故事讲述者。在当今时代，有各种各样讲故事的人：小说家、剧作家、记者、词作者，甚至广告创意人。真正使编剧与其他讲故事的人区别开的，正是清晰的视觉感受能力，以及对于影像力量的理解，而这又进一步丰富了编剧对于影像的想象。

作为编剧，你要承担起引领观众上路的挑战，带他们通过观看来关心和理解故事的内容。"展示，而不是讲述"（"Show, not tell"），这一好莱坞的金科玉律被反复证明其有效性。为达到这一目标，我们或许可以尝试这两点：

1. 在剧本中的每个时刻都知道你要表达什么观点（逻辑清晰）。

2. 花时间用生动、有效的方式对故事进行想象，先把想象的场景在脑海中演出来，再记下来（共情力）。《狗十三》的编剧焦华静表示，写剧本就是把脑子里演好的记下来而已。

当然，要把一个故事给观众讲清楚，需要的不只是想象力，还要有连贯的情节和动人的人物。编剧为了完成这两方面目标，必须掌握一系列编剧的基本功。这些基本功源于才华和知识的结合：对于人的知识，对于叙事的知识，对于电影史的知识。想要拓宽你的电影史知识以及影像的叙事知识，最好的方式就是去学习和研究伟大的电影。

不幸的是，太多的电影人只对近年来的新片感兴趣，尤其是最新的美国影片。这是极其狭隘的，并且导致了艺术上的近亲繁殖。任何艺术家创作任何形式的作品，都是在不知不觉间被多种事物影响的混合物，涉及范围越广，作品就越有趣。

编剧还必须具有合作精神。拍电影是要跟很多人一起合作的综合艺术创作，同时还要跟一些复杂的设备打交道，因此，摄制组成员的职责常常是流动性的。比如，在设计一场戏的演员调度时，导演需要增加一两句剧本里没有的台词，这时候，他是在履行导演抑或编剧的职责呢？同样，如果编剧设计了一场严格限制时空的戏，并且通过场景的构建规定了这场戏只能有一种拍摄方式，那么，他是在履行编剧还是导演的职责呢？

每部电影都汇聚了很多人的工作，每个人都有不同的职责和不同的技能。与其他分工明细的行业不同，为了拍摄顺利完成，电影人会愿意做任何事。就像影片《唐人街》的编剧罗伯特·汤[①]总结的："你管编剧叫编剧，演员称之为演员，导演是导演。但其实他们是在一起工作，用一种能把各自的工作合并的工作方式在工作。"这要求摄制组人员具备灵活性和"片场感"，一种对电影制作流程的熟悉感。还要保持机灵，尤其是当摄影机马上要开拍之时。就算身边的世界要"爆炸"了，电影人也必须保持创作力并且完成创意工作。

作为一个有抱负的编剧，你要扪心自问，是否介意自己在电脑前创作的作品，与观众最终在银幕前看到的成品之间存在多种技术层面和不同程度的解读。如果你介意，或许你要寻找一种与观众更直接的关系，那么有很多种别的写作形式比剧本更适合一对一的关系。如果你不介意，并且愿意接受编剧的挑战，你就有机会创作别的艺术形式或历史长河中没有被讲述过的故事。

当然，你的抱负或许不只是做编剧，你也想做导演、制片人或者摄影师，抑或是所有这些的结合。但是在你有能力导演、拍摄或制作你的电影之前，你得先把它写出来！

---

① 罗伯特·汤（Robert Towne），美国编剧、导演和演员。编剧代表作为《唐人街》，为他赢得了第 47 届奥斯卡最佳原创剧本奖。

第三章

何谓剧本？
（传统剧本VS视觉化剧本）

3

在观众看到你的作品之前，剧本其实是为一些特殊的观众而写的。这些人是制片人、导演以及整个创作团队。他们在电影制作过程中起了重要的作用：将你写在纸上的文字"翻译"成屏幕上的画面和声音。因此，若从工业化角度来回答"何谓剧本"这个问题，剧本其实相当于一份"说明书"，主要用于说服制片人、投资人，同时可以为做预算、选演员、做美术设计以及表演等方面提供信息。能够完成以上所有功能的，有且仅有剧本这一个依据。

为了满足这一大堆需求，剧本写作逐渐形成了一系列独特的规定，以完成如此有挑战的目标：一方面，剧本要给我们提供足够多的细节，使我们想象出一部电影；另一方面，它又不能规定太多（其他部门的）细节，比如导演、美术、摄影或剪辑。结合这些需求和挑战，一个标准的剧本格式和相应的一些规定被证明是很有用的，尤其工业化程度极高的好莱坞更是十分讲究剧本格式。在过去的几十年里，这些传统并没有改变多少。近年来，随着数字革命带来的电影制作与发行的民主化进程，为了鼓励多样性和革新性，检视我们如何看待和学习剧作就变得很有必要了。

带着这些要考虑的因素，标准剧本格式和创作实践就把注意力放在了动作和对话上。实际上，剧本中的"剧"这个字，表明了角色表演和戏剧性之间的联系。编剧虽然尽最大努力去微弱地暗示视觉信息（包括剧中人物的听觉视觉呈现）、声音、场面调度和蒙太奇，然而，大家对于编剧的主要期待还是关于叙事结构、角色的行动与对话、角色的动机以及角色的成长（人物弧）等方面内容。市面上大部分教读者"如何"（"How to"）编剧的书籍，就是围绕着人物的心理和动机以及故事线组成一个相对有限的"工具包"。就算是一些想要脱离主流范式的尝试，也通常是在约瑟夫·坎贝尔 [①] 的神学研究体系之内。这些书籍都在不断重复主流经典剧本中最有效的核心元素：人物、情节、行动、心理因果关系以及叙事结构。

既然如此多的书籍都已经在讨论传统剧本的写作，而且其中不乏经典作品，

---

① 约瑟夫·坎贝尔（Joseph Campbell，1904—1987），研究比较神话学的美国作家，主要著作有《千面英雄》《神话的力量》等。

以悉德·菲尔德[①]和罗伯特·麦基[②]为代表的美国剧作大师已经给我们提供了很多启发。因此，在这本书里，我愿意更多地跟你们讨论非传统的剧本写作，我称之为"视觉化剧本"，指主要发挥电影化叙事特点来进行的剧本创作。

在传统剧本中，由于各部门间的分工细化，纸上的文字永远只是对剧本构思的部分记录。屏幕上的创意有一部分出现在剧本里，但另一部分只存在于相关主创的脑海中，以及存在于他们之间的讨论和"谈判"之中。

与传统剧本注重对白和动作不同，电影化叙事吸引观众的方式还包括更多元素，尤其是离常规叙事手段远一些的，或者说在某种意义上挑战传统方式的一些手段，比如手势、表情、眼神、声音、颜色、构图、场面调度、镜头并置、节奏、材质等视觉化元素……实际上，正是所有这些元素的组合，使电影媒介成为其独特的形式。视觉化的剧本加强了对这些元素的运用，从而使其作为叙事的主要推动力。反过来，电影的形式因此还进一步得到增强。

纵观电影史，不少视听至上的电影人饱受了剧本形式之苦。当传统形式的剧本作为唯一表述他们观点的方式时，这些电影人经常会遇到各种问题。其中最有名的例子，要数让-吕克·戈达尔（Jean-Luc Godard）拍摄电影《精疲力竭》（*À bout de souffle*，1960），他干脆没有剧本。很多戈达尔的影片通常都只有一个大纲或是梗概。阿基·考里斯马基（Aki Kaurismaki）拍摄《卡拉马利联盟》（*Calamari Union*，1985）时，只用了一页纸的剧情图例（第十三章将详述这个创作过程）。对于这种影片来说，影片的创意只有极少部分呈现在剧本中，大部分计划实际上存在于别的形式里。

实际上，有不少编剧已经在有意识或无意识地进行视觉化剧本创作这一工作。《汉尼拔》（*Hannibal*，2001）的编剧大卫·马梅（David Mamet）说过，一部好的电影剧本完全可以不依靠任何对白来完成。韩国导演金基德（Ki-duk Kim）也有相似的看法，在剧本完成之后，他有一个去掉所有对白的过程。如果

---

① 悉德·菲尔德（Syd Field），美国最畅销电影编剧著作作家，代表作为《电影剧本写作基础》及其续篇《电影剧作者疑难问题解决指南》。

② 罗伯特·麦基（Robert McKee），美国电影编剧著作作家，代表作《故事》被全世界影人奉为电影编剧"圣经"。

可能的话，他会用动作来代替对白，以表达同样的事实。

剧本的写作方式传达出了编剧的视角。这个视角有可能很具体，也有可能比较松散。有的编剧习惯写出明确的镜头、声效或是转场，有的就只有关于对白和动作的描述。并不是说编剧在剧本中要负起导演和剪辑的职责。实际上，传统剧本中并不包括对于导演和剪辑的建议。但如果编剧同时也是导演或者剪辑师（而这正是如今新媒体时代的新趋势），他们完全有可能把镜头角度和机器运动写进剧本，甚至标明对某个镜头或声音的明确剪法。

第四章
剧本格式

摄制团队和演员们都指望编剧给他们提供一份优质的"说明书",这要求编剧以专业的方式来写作剧本。如果你的剧本有格式问题,当专业人士读你的剧本时,每一处格式问题都会让人非常出戏。纵使你有再好的故事藏在乱七八糟的剧本后面,但执行的不好,就会丧失这珍贵的给别人留下好印象的机会。

惯有的剧本格式是服务于近百年来产业形成的传统的:剧本作为拍摄的说明书,是给导演、摄影、美术、声音、演员等不同的主创看的,它让你的剧本更具可信度。如果你在剧本格式、样式,以及用词等方面做得好,那么你脑海里的景象就会更好地被翻译成屏幕上的画面和声音。

如今,由于智能手机以及各种摄像机的普及,使编剧和导演,甚至摄影,通常是同一个人。因此,剧本写作就不再拘泥于传统剧本的惯有格式了。在本书的后续章节中,我们会探索剧本的"另类"写法。在这一章中,我们先从好莱坞惯有的剧本格式入手,简要地学习传统剧本格式中的各要素。

第一节　传统剧本格式:场标

我国的剧本写作至今没有一个统一的标准格式,但其主要核心要素都跟好莱坞的传统剧本是一致的。因此,我们以好莱坞剧本为例来进行分析。好莱坞剧本格式有点类似于医生开的处方药,它是想迈入好莱坞体系的一个"处方",这个处方已经被证明过无数次,它能更好地把编剧的设想与演员和其他主创进行沟通。无论是短片还是长片,这一格式都是通用的。接下来的案例描述了传统的剧本格式中所要包含的基本元素。

首先翻开剧本的标题页(Title Page),正文开始后,如下的一行字常见于每一场戏的开端第一行:

外(EXT.)　凯迪拉克汽车快速行驶在山路上　日(DAY)

我们将这一行字称为"场标"。剧本中的场标通常包括三个元素:

1. 外景(Exterior, 缩写为 EXT.)还是内景(Interior, 缩写为 INT.)。

揭示场景类型,是外景还是内景。在上面这个场标中,说明是外景:汽车在山路上行驶。

2. 日景（DAY）还是夜景（NIGHT）。

故事发生在一天中的什么时间，清晨、白天、黄昏，还是夜晚？在上面这个场标中，是有太阳的白天，而不是没有太阳的夜晚。有没有太阳（天光），对于现场拍摄具有指向性作用。

3. 发生动作的具体地点。

事件发生在什么地方。在这个例子中，汽车快速行驶在山路上，这不仅指出地点是山路，也同时揭示出动作：行驶中的凯迪拉克汽车。

以上三个要素迅速地给我们规定了地点、时间和动作。

在中文剧本中，我们的场标通常表示为日／夜、内／外、地点。这两种方式相比较，我们可以发现将动作概括在场标中，不失为一种明智的做法。

在英文剧本中，还有一些从打印机时代延续下来的固定字体、字号等习惯，笔者认为这些倒是没有必要做硬性规定的，只要符合编剧自己的审美习惯，保持创作时的舒适度即可。当然，将剧本最终呈现给各种专业人士时，务必要使剧本的形式显得规整、正式。比如，你在私下写作时惯用娃娃字体，那么在将剧本发给制片人看时，最好还是换个正式的字体。

还有一点有必要强调，即关于错别字。不少学生在剧本作业中，都会或多或少的出现错别字。这完全是编剧自己可以修改的第一步，更别提剧本通常要进行多稿的修改。在这个过程中，作为一名文字工作者，错别字的存在是绝对不容许的。

那么除了场标之外，好莱坞剧本格式中还有哪些重要的元素呢？在下一节中，我们会提炼出传统剧本格式所包含的各种元素。

第二节 剧本格式包含的元素

▼ 好莱坞剧本格式：以《美国丽人》为例

我们用《美国丽人》（*American Beauty*）剧本的开篇三场戏为例，来分析一个典型的好莱坞剧本格式所包含的元素。《美国丽人》是由萨姆·门德斯（Sam

Mendes）执导，艾伦·鲍尔（Alan Ball）编剧的一部讲述美国郊区中产阶级生活的影片，该片荣获了第 72 届奥斯卡最佳影片奖和最佳原创剧本奖。

原剧本的最终稿（Final Draft）如下：

INT. FITTS HOUSE-RICKY'S BEDROOM-NIGHT

On VIDEO: JANE BURNHAM lays in bed, wearing a tank top. She's sixteen, with dark, intense eyes.

JANE

I need a father who's a role model, not some horny geek-boy who's gonna spray his shorts whenever I bring a girlfriend home from school.

(snorts)

What a lame-o. Somebody really should put him out of his misery.

Her mind wanders for a beat.

RICKY (O.S.)

Want me to kill him for you?

Jane looks at us and sits up.

JANE

(deadpan)

Yeah, would you?

FADE TO BLACK:

FADE IN:

EXT. ROBIN HOOD TRAIL - EARLY MORNING

We're FLYING above suburban America, DESCENDING SLOWLY toward a tree-lined street.

LESTER (V.O.)

My name is Lester Burnham. This is my neighborhood. This is my

street. This... is my life. I'm forty-two years old. In less
than a year, I'll be dead.

INT. BURNHAM HOUSE - MASTER BEDROOM - CONTINUOUS
We're looking down at a king-sized BED from OVERHEAD:
LESTER BURNHAM lies sleeping amidst expensive bed linens, face
down, wearing PAJAMAS. An irritating ALARM CLOCK RINGS. Lester
gropes blindly to shut it off.

> LESTER (V.O.)
> Of course, I don't know that yet.

(CONTINUED)
He rolls over, looks up at us and sighs. He doesn't seem too
thrilled at the prospect of a new day.

> LESTER (V.O.)
> And in a way, I'm dead already.

He sits up and puts on his slippers.

  为了便于读者阅读，笔者将其格式保留，内容翻译成中文来做分析。其中，英文字母需要大写的部分，在中文中我用字体加粗来表示。

<u>内景　费茨家—瑞克卧室　夜晚</u>　◄—————— 场标：场景、时间

视频内容：**珍妮·伯翰姆**躺在床上，穿着一件背心。

场景描述：观众看 ——► 她十六岁，有着黑色深邃的目光。　　第一次出场的人物名字要大写
到的内容

　　　　　　　　　　珍妮 ◄—————— 人物名字：写在对白上一行

对白：人物说的话 ——► 我需要一个可以给我做榜样的父亲，而不是一个我放学带女

　　　朋友回家他都会兴奋的怪胎男孩。

　　　　（鼻子哼的一声）◄—————— 括号注释人物的动作、表情、态度

真是个蹩脚货。真该有人把他从痛苦中解救出来。

她的思绪停了一下。

瑞克（O.S.）

Off Screen 的缩写：表示说话人不出现在画面中

想让我替你杀了他吗？

珍妮看向镜头，并起身坐了起来。

珍妮

（面无表情的）

好啊，你能吗？

渐黑：

渐入：

过渡：从一场戏到另一场戏的方式

<u>外景　罗宾汉小道　清晨</u>

我们**盘旋**在这个美国郊区的上空，**慢慢下降**到一条绿树成荫

的街道

莱斯特（V.O.）

Voice over 的缩写：画面中人物没有说话，声音叠在画面上

我名叫莱斯特·伯翰姆。这是我的街区。

这是我的街道。这……是我的人生。

我 42 岁。一年之内，我就会死掉。

<u>内景　伯翰姆家—主卧—接前（CONTINUOUS）</u>

同一个场景继续

我们从**头顶往下俯视**一张特大号床：

莱斯特·伯翰姆正躺在昂贵的床单里睡觉，脸朝下，穿着睡衣。

恼人的闹钟响了。莱斯特盲目地摸索着把它关上。

莱斯特（V.O.）

当然了，我并不知道这件事。

（接下页）←

英文剧本中这一处为翻页处，用"接下页"来提示一场戏还没有结束

他翻了个身，抬头看着我们，叹了口气。他似乎对新的一天

的到来并不太兴奋。

莱斯特（V.O.）

其实在某种程度上，我已经死了。

他坐起来，穿上拖鞋。

从《美国丽人》的剧本中，我们可以看到剧本格式各元素的应用。可以将它们归纳总结为以下几点：

● 过渡：从一场戏到另一场戏的方式，比如淡入、淡出、叠画、从左边划过等。常用于场景的开端和结尾。在英文剧本里，所有这些术语都要大写。

● 场标：在过渡词下空两行，靠左对齐。英文剧本中需要大写。

● 动作或场景描述：在场标下空两行写，描述这场戏里有什么，以及大概发生了什么。

● 首次出现在剧本里的人物：英文剧本里要大写。

● 人物名字：场景描述下面两行，居中，大写。

● 对白：人物名字下一行写，左对齐。

● 括号里的或者解释性的提示：用括号括起来，在人物的下一行。

● 剧本页码：右上角

● 特殊标注：剧本中空白的地方都可用来做标记！

▼ 视听剧本

许多年来，与好莱坞传统剧本格式并行的，还有另一种剧本形式，它将画面

和声音分列在纸张的两侧。在电影剧本中，最有名的当以罗伯特·布列松[①]导演的剧本为代表，在广告拍摄中，这种剧本形式非常常见。

比如我们在说场标时所举的这个例子：外景　凯迪拉克汽车快速行驶在山路上　日景

在这种格式中就会写成这样：

画面	声音
中景（MS）驾驶凯迪拉克汽车的司机手握皮革方向盘	欢快的音乐声藏在钟表嘀嗒声下
广角镜头（Wide Angle Lens）机器放在地上拍摄：	轮胎驶过地面的声音
凯迪拉克汽车在山路间快速驶过	

▼ 拍摄脚本

拍摄脚本是剧本在拍摄筹备期被用作拆解、分析的最终版本，要求每一场戏都被编号。拍摄脚本里的场景号被标注在场标这一行，标在页码最左边和最右边（如果你用的是剧本写作软件，那么它会在生成时自动帮你标注）。场号提供了组织和追踪不同场景的方式。拍摄脚本之前的剧本里不一定非得有场景编号，但格式是相同的。一定要记住在剧本的右上角写上页码。

---

① 罗伯特·布列松（Robert Bresson，1901—1999），法国导演。影片《罪恶天使》确立其以哲学性、天主教思想为主题的电影风格。布列松的作品少而精，风格简约，喜欢采用非职业演员，对精神世界的孤独和超越做沉思性探索。

第二部分　在路上：
　　　　　关于短片你要知道的一切

第五章
三位短片导演的"发迹史"

5

独立电影人将优秀的短片拍摄成长片，并不是什么新鲜事。韦斯·安德森 [①] 的《瓶装火箭》(*Bottle Rocket*) 后来拍成同名长片，保罗·托马斯·安德森 [②] 的《香烟和咖啡》(*Cigarettes & Coffee*) 后来拍成名为《赌城纵横》(*Hard Eight*) 的长片，都属于这种情况。现在比以往任何时候，给影片筹集资金都更加困难，因此，短片作为打入业界的名片而重新流行起来。除了前面提过的《爆裂鼓手》导演达米恩·查泽雷之外，还有西南偏南电影节（SXSW）的明星德斯汀·克里顿 [③] 的《少年收容所》(*Short Term 12*) 和奥斯卡最佳真人短片获得者肖恩·克里斯汀森 [④] 的《宵禁》(*Curfew*) 等一拨当今的新电影人，他们都发现，为了能筹到资金去拍摄想拍的电影，唯一的方法就是先拍摄一部体量较小的作品。

上述这三位新生代导演中，查泽雷是最具明确策略的导演。就像《爆裂鼓手》里超级"一根筋"的鼓手迈尔斯·特勒 [⑤] 一样，达米恩·查泽雷并不是毫无准备地登上世界舞台的。2007 年，他从哈佛大学毕业，怀着远大的梦想搬到了洛杉矶（这点与前辈斯皮尔伯格一样），并成功地推出了他的第一部长片作品：2009 年的黑白片，一部名为《公园长凳上的盖伊和玛德琳》(*Guy and Madeline on a Park Bench*) 的爵士乐音乐剧。该音乐剧在多个电影节展映并且赢得广泛好评。一年多以后，这部影片终于进入院线在五个影院上映。于是他成为一名职业编剧，被雇去创作一些他根本无意导演的剧本。终于在 2013 年 1 月，他自编自导的这部《爆裂鼓手》在圣丹斯电影节首映。这部影片颇具他的个人风格，灵感来源于查泽雷自己曾经作为萨克斯演奏者的经历。

查泽雷接受采访时说过，他把剧本传遍了洛杉矶全城所有制片人、经纪人，可所有人都把剧本又传回给他。他觉得最大的挑战在于如何向人们描述它。因为

---

① 韦斯·安德森（Wes Anderson），一位全才型的美国导演。其作品因出色的配乐、出众的对称构图，以及对细节的追求倍受影迷追捧。

② 保罗·托马斯·安德森（Paul Thomas Anderson），美国独立导演，代表作为《不羁夜》。

③ 德斯汀·克里顿（Destin Cretton），是一位出生于夏威夷州毛伊岛的美国导演。

④ 肖恩·克里斯汀森（Shawn Christensen），美国青年导演，从影之前曾是独立摇滚乐队 Stellastarr 主唱兼吉他手。

⑤ 迈尔斯·特勒（Miles Teller），美国演员，曾获得 2013 年圣丹斯电影节的"戏剧特别评审团奖"（Dramatic Special Jury Award）。

这是一部关于爵士音乐家的电影，但同时他希望它能像恐怖片或动作片那样扣人心弦。他是个新人导演，大部分投资人都告诉他，"先给我看看你能拍些什么"。

查泽雷得到的第一份真正的鼓励来自库博·萨缪尔森（Couper Samuelson），他是类型片制片公司 Blumhouse 的执行副总裁。不过很明显，《爆裂鼓手》并不会成为下一部《灵动：鬼影实录》（*Paranormal Activity*），所以萨缪尔森将这个剧本推荐给海伦·埃斯特布鲁克（Helen Estabrook），而埃斯特布鲁克是贾森·雷特曼[①] 在 Right of Way 的制片人搭档。1998 年，雷特曼带着自己的短片作品[②] 来到圣丹斯，从此开始了自己的导演生涯。Right of Way 团队向查泽雷建议，如果潜在的投资人从口头语言或者剧本的文字描绘中都无法感受到他所说的音乐惊悚片类型，那么可以试试从长片剧本中选出一部分进行拍摄，并把拍摄的成片当作一种"概念的证明"给投资人看。

"伴随不断涌现的各种资

图 5-1　电影《爆裂鼓手》长片剧照之一

图 5-2　电影《爆裂鼓手》长片剧照之二

---

① 贾森·雷特曼（Jason Reitman），影片《朱诺》《在云端》的导演。他早期的短片作品故事都很有创意，建议读者找来观看。比如《小鱼十万火急》（*Gulp*, 2001），《恋爱合约》（*Consent*, 2004）等。

② 这部名为《Operation》的短片暂且找不到片源，IMDB 或是豆瓣上也都没有剧情简介，故暂且不做中文名称的翻译。

料，我认为人们不再进行真正的阅读，所以一小段视频素材反倒可以比 120 页的剧本能让更多人看到。"查泽雷选择了一场乐队排练的戏，在这场戏里，精英音乐学院倔强倨傲的乐队指挥在给他的主角进行试奏。"这场戏拍起来比较方便，因为它只有一个地点。这是一种介绍我们风格的方式，证明了在没有枪、没有炸弹的情况下，把学生和老师放在一个房间，就足够让人感觉到生死般的紧张感。如果我们能让这场戏有效，那我们就知道整部电影的制作是会获得成功的。"

拍摄这场戏仅花了短短三天时间，查泽雷没想到短片会入选圣丹斯电影节。毕竟他拍这部短片是为了吸引投资者的。（事实上大约六个月之后，Bold 电影公司同意投拍这个项目。）"直到这部短片面世之前，我和圣丹斯电影节的关系一直都是：他们不断地拒绝我。"查泽雷说。电影节在此前拒绝了《公园长凳上的盖伊和玛德琳》，而且这次他的胜算也不大：2013 年，递交给圣丹斯电影节的短片有 8000 多部，《爆裂鼓手》只是其中的一部。"这个数字在过去几年中一直在持续增长，然后随着数字技术的发展，突然爆了！"圣丹斯项目总监特雷弗·格罗斯（Trevor Groth）如此解释。格罗斯从 1993 年开始为圣丹斯电影节挑选短片，当时提交的作品数量只有几百份而已。

与查泽雷不同的是，德斯汀·克里顿的《少年收容所》在 2009 年就获得了圣丹斯最佳短片奖，他本来无意将这部短片变成一部长片。尽管如此，在朋友们的催促下，当电影节邀请他展映这部短片时，为了能够充分利用短片所激发出的观众兴趣，克里顿才开始着手写作长片版本。

克里顿以他在寄养机构的工作经验为蓝本，创作出《少年收容所》，作为他在圣迭戈州立大学的硕士毕业作品。他把这个拍摄实践作为锻炼自己与演员进行合作的机会，同时还能尝试一些特别的技术。克里顿说："我很惊讶如此多的人跟这部影片产生共鸣，这种反应是我能将其转变为长片的动力。"

《少年收容所》使克里顿损失了大约 4000 美元，"主要因为这部电影是用胶片拍摄的。"他自己总结。在圣丹斯和克莱蒙特-费尔兰德（Claremont-Ferrand）等电影节上的曝光，使他收获了与 PBS 和 iTunes 的发行协议，最终他获得了比之后长片还多的收入。"从任何标准来看，这部短片都不可能取得更大的成功，但（当时）还是不足以让人们信服我能拍长片。"

图 5-3　电影《宵禁》剧照

　　幸运的是，长片剧本为他赢得了奥斯卡的尼科尔奖金（Academy Nicholl Fellowship）。他没有靠奖金的 3 万美元补助来继续创作下一部电影剧本（正如该奖金的初衷那样），他说他采用"方便面减肥法"，并用这笔奖金拍摄了他超级廉价的第一部长片——《我不是嬉皮士》（*I Am Not a Hipster*）。这部作品是他与朋友们一起制作的，而且在写剧本时就只写那些他知道可以允许免费拍摄的场景。最终，"嬉皮士"让投资人信服他，从而使他有机会拍摄了《少年收容所》的长片。

　　肖恩·克里斯汀森（Shawn Christensen）最初在拍《宵禁》[①]时用了大约 3.5 万美元，而且购买音乐版权将成本推高至 6 万美元。他从来没想过能拿回这笔钱。结果，奥斯卡获奖带来的关注让他收获了与 ShortsHD 的发行协议，使它得到了令人垂涎的院线发行。

　　克里斯汀森住在纽约，此前一共卖出了四个剧本，他看到这些剧本被人改写，最后被搁置起来。"作为一名编剧，我的信心空前低落。我觉得我需要自己

[①] 长片版本《在我消失之前》（*Before I Disappear*，2014）在西南偏南电影节首映，同时也入选威尼斯电影节。

去拍一部我写的剧本，看看我是否应该完全放弃这一切。"这在某种意义上解释了《宵禁》的基调和主题，这部短片的开场戏是一个男人正在浴缸里割腕。

当《宵禁》在各种电影节的巡演中建立起粉丝群时（对于短片来说这是一项非同寻常的成就），克里斯汀森开始充实这个故事，他在想是否有办法在另一部片子中将角色扩展。当 Wigwam 电影公司的卢坎·托（Lucan Toh）提出投资他的长片版本时，他有一个"大约完成了 75%"的剧本。当时正值独立电影的投资异常紧张，他紧紧抓住了这个机会。

达米恩·查泽雷、德斯汀·克里顿以及肖恩·克里斯汀森三位导演的例子说明，对于任何一个未经证明的新人编剧或导演来说，要说服别人相信他们的观点是多么的困难。

在谈到查泽雷《爆裂鼓手》的情况时，格罗斯精确地用"风声鹤唳"这个词来形容投资人。格罗斯指出，他们会拒绝任何稍微超出限制的事情："每个人都拒绝这部剧本，说它太'取决于执行'了——意思是他们从剧本的内容里看不出有多好，也不相信导演会完成超出他们自己想象能力的事情。"格罗斯还强调，"短片正好可以展示出这种所需要的执行力"。

尽管如此，格罗斯还是提醒大家要谨慎使用"短片名片"这种方法，因为成功仍然相对的少见，他表明最好的短片一般都是有机的，比如《宵禁》和《少年收容所》。"我们看到成百上千的提交给我们的短片，这些短片透露出，'这是我的创作方向，我即将将其拍成长片'。"这话出自圣丹斯选片人之口，我们应当引起重视。"但是你仍然需要对短片有全面的了解，我相信短片本身就是一种艺术形式，如同短篇小说和长篇小说不同一样。"

第六章
短片与长片的区别：
短片不是长片的微缩版！

6

首先必须要申明一个观点：短片并不是长片电影的一个简缩版本。

作为电影学院的老师，我的工作之一是阅读学生们交来的短片剧本作业。但我发现，而他们中大多数人所做的"短片作业"，其实都是在尝试写一部长片电影的微缩版本。经常有刚接触专业学习的低年级学生，在拍摄完成后激动地感慨："我的素材都够剪一部长片了！"

其实，短片与长片的不同属性，就如同上一章里谈到的圣丹斯选片人所说，仿佛是短篇小说和长篇小说的区别，或者说，仿佛是一首歌和一曲交响乐之间的差别。短片在构思、写作、拍摄以及导演的方式上都与长片是很不同的。实际上，"短片电影"这个词本身具有误导性，给我们一种错觉，以为比长片短的电影就是短片电影。

的确，他们都注重电影美学，都需要详细规划和经历一番折腾才能拍出来，都要依靠演员和剧组工作人员，都需要具有清晰视野的导演，而且，都要有剧本。

但是，尽管有如此多的共通之处，这两种形式还是有很多本质区别的。尽管在技术方面，比如拍摄、灯光、声音等制作层面，虽然制作过程几乎和长片差不多，但短片的规模还是要小得多。更重要的是，短片在剧本创作和故事讲述方面是与长片有着很大区别。

从众多的学生短片作业中，我们很容易发现许多故事创意对于短片来说都过于宏大了。他们想在短片电影中涵盖过于广阔的故事疆域，而他们的预算和能力其实还远不能有效地来管理这一广阔疆域。

许多短片剧本的创意跟一部长片剧本的创意是相近的，但它们之间不只是在戏剧体量上有区别，在情节结构上也大有区别。一部五分钟的短片，也许激励事件[①]发生在影片开始之前，而在长片故事中，我们需要展示激励事件的发展过程，通常占据了整个第一幕的前半部分。

长片成功的必要条件是有一个能让观众产生共情的主人公。而一部短片的成

---

① 激励事件，三幕式剧作理论里的第一个情节点，是一切后续情节发生的主要原因。它打破了主人公的生活状态，推动了故事的发展。

功来自对一个或许不让人产生共情但十分有趣的主人公的仔细剖析。在短片中，这样做会有效，在长片中却不行。因为在短片中，观众只需投入一段比较短的时间在主人公身上，而不需要维持传统的 90 分钟或两个小时的关注力。对于我们并不太在乎的主人公，很难能够持续地对他产生关注，更不太可能保持半小时之久。

短片电影可以最大限度地聚焦在一个事件的冲突上，但长片电影需要聚焦许多组事件，而且通常没有短片中那些丰富的细节。比如，贾森·雷特曼的《小鱼十万火急》和《恋爱合约》两部 6 分钟左右的短片，都分别只聚焦了一个事件，甚至在《恋爱合约》里只有一个场景，雷特曼用丰富的细节展现了整个事件的方方面面。

短片还可以非常有效地处理一些艰深晦涩的主题。因为害怕失去广大观众，主流长片通常会避免讲述这些主题。比如说，奥斯卡获奖短片谈及的主题有：种族歧视（《逃票者》"Black Rider"）、流浪汉（《共进午餐》"The Lunch Date"）以及儿童同性恋（《男孩日记》"Trevor"）。这些影片不怕引起观众在座位上的不适，把创作者从商业成功的担忧中解放出来，短片从而可以自由地跟随情节的发展，做出最有力的结论。人们其实非常欣赏不怕冒险的电影人，一个成功的讽刺寓言可以敲开许多扇制片公司的门，就算它很阴暗或晦涩，只要它是一部短片电影。虽然国内在这一点上与好莱坞不尽相同，但这也启发我们展开想象，去探索更多短片创意的可能性。

总之，对于长片来说，人物和对白是其灵魂；对于短片来说，故事的创意和视觉化更为抓人。更重要的是，一部有力、集中的短片不仅能讲述更动人的故事，还更容易拍摄和制作！

第七章
短片的时长

7

第一节　决定合适长度的标准

与长片电影相比，短片的编剧只有很少的银幕时间来揭示和发展人物及故事。很多长达两小时以上的影片，其实它们中的许多片子若剪成一小时四十分钟也同样精彩。对于短片有限的时长来说，把握合适的银幕时间就更显得重要。

实际上，"合适"这个词，意味着好几层意思：

1. 长度对于讲述这个故事是否合适？

2. 将这个剧本拍摄出来，长度是否合适？

3. 参加电影节展映，这个长度是否合适？

"合适长度"意味着电影中不具意义或没有目的的戏绝不能拖沓。如果在20分钟的银幕时间之内，电影故事能吸引观众并感动他们，那就保持在20分钟。如果觉得拖沓，就将时间减少到15分钟或10分钟，甚至更短，直到最有效的长度为止。这对于参加剧本比赛，或者参加电影节短片单元的展映，都是十分关键的。最后，"合适长度"也意味着根据你所拥有的资源，再将影片的体量和复杂程度加以考虑，如果它太长或过于复杂，那么就要去寻找可以使现有版本更简化的方式，使剧本更具有"可拍摄性"。

第二节　电影节的最佳长度

关于电影节对短片时长的要求，大家众说纷纭。有人说，绝对不要超过10分钟！也有人说最多15分钟。还有人建议将片长控制在7分钟之内。很显然，没有一个完美的时间长度能确保你的短片顺利入选。为了回答这个问题，我们需要对电影节有一些基本的认识。

首先，电影节的举办是为了尽可能多地给观众展映最好的电影，品质是选片时最关键的准则。因此，能够在情感上打动观众，并且能从头到尾持续吸引观众的片子，就会有更大的概率被选中。然而，长度是另一个不能忽视的准则。电影节选片人的目标是从所提交的大量片子中选出最优秀的片子，从而把"短片单元"的展映日程填满。他们会在成百上千部短片中进行选择，具体数量根据不同的电影节而有所不同。比如，圣丹斯电影节短片单元平均每年会收到超过 6000 部短片的报名，而规模小一些的电影节收到的片子则少得多。

短片单元包含一组或多组短片，这些短片会被放在一起展映，通常总时长为 90 分钟左右，大概为一部长片的时长。因此，一个短片单元大概会展映 6 到 8 部短片。如果你提交了一部 20 分钟的片子，意味着你片子的时长是别的优秀短片的 2 倍、3 倍甚至 4 倍。因此，你的 20 分钟短片最好比别的优秀短片还要好看 2 倍、3 倍甚至 4 倍。当所有方面都差不多时，电影节选片人十有八九会选择几部时长较短的短片放映，而不是选取一部时长较长的短片放映。因此，取决于你想在哪个电影节上展映你的影片，你就需要把该电影节对于时长的要求铭记于心。

第三节　短片电影按时长划分的四种类别

实际上，短片电影按照时长可以分为四种完全不同的类别，每一种都在结构上与其他类别不同，如表 7-1 所示，分别为超短短片、传统短片、中长短片和长短片。

表 7-1　短片电影的四种类别

	超短短片	传统短片	中长短片	长短片
时间长度 （Running Time）	2—4 分钟	7—12 分钟	20—25 分钟	30 分钟或更长
戏剧冲突	围绕一个简单明确、仅有一个冲突的戏剧动作	围绕一个简单明确的、有一个或多个冲突的戏剧动作	围绕多个冲突的复杂戏剧动作展开	围绕一个复杂的戏剧动作，有多个冲突
次要情节 （B-plot）	无	无	常伴随一个次要情节	伴随一个发展完整的次要情节
戏的总场数	通常只有 1—2 场主要的戏	大约 5—8 场	大约 12—15 场	20—30 场，取决于整个剧本的长度

通过分析表 7-1，你会发现，每个类别之间，在影片时长上存在间隔。比如，对于一部超短短片来说，其最长时长为 4 分钟；对于一部传统短片来说，其最短时长是 7 分钟；对于一部中等短片来说，其最长时长是 25 分钟；而对于一部长短片来说，其最短时长是 30 分钟。影片时长在这些间隔中该怎么划分呢？毕竟拍电影不是做数学题。就算一部 6 分钟的短片时长允许发生复杂点的事件，但它却更符合一部超短短片的结构。同样，一部 28 分钟的电影也许只用少量的次要情节就能够把戏剧冲突展示清楚。

电影史上，通常一部超过 61 分钟的片子就会被算作电影长片。当然，你很难在周围的电影院里找到这种时长的长片电影。发行商通常要求一部片子超过 90 分钟，尽管许多片子要比这长得多。但 65 分钟或者 70 分钟的片子绝对不会被当成短片。

因为短片电影比较简短，所以，任何成功的短片都有一个重要特质，就是表达的有效性。对于所有短片来说，由于没有足够的银幕时间来展示一切，每个时刻都必须用来指代或象征更广阔的故事世界。这一限制给讲故事带来不少重大的挑战。这就是为什么比起长片，短片在创意阶段通常就可以定成败的原因。接下来的第八章和第九章，我们就来详细讨论故事创意。

第八章
短片故事创意的重要性

8

当今时代，似乎写作这件事变得容易多了。无论你想要完成一本书、一部网剧甚至是一部独立电影，都有很多资源可供使用。在这个自媒体时代，有了数字视频和社交媒体的帮助，任何人都可以去创造和分享作品。

尽管如此，如果除了在朋友圈和网络上有人关注你之外，还想获取更多的观众，并且能通过创作作品赚钱过日子的话，那就是另一回事了。拥有大量付费观众，并将此变为一份职业，对于大多数创作者来说还是很有挑战的。

从这个角度来说，现在跟以前并没有本质的变化，我们还是需要获得制片人和大公司的支持，才有机会去赢得大量的观众。不幸的是，想要打动这些制片人和投资人却是越来越难了。这是编剧在完成一部剧本，要将它分发出去时所面临的困难。大部分情况下，我们都得不到所需要的支持。

为什么呢？这些投资人需要的是什么东西？要打动投资人为什么会如此之难？

其实，答案很简单。这些能引领我们走上事业成功的难以捉摸的投资者，其实跟普通观众想要的是同样的东西：一个很棒的可以讲故事的创意。这个创意可以让他们投入感情、注意力，还可以被娱乐。

我们面临的挑战在于能够创作出一个可以让人感动的故事。一个自认为作品还不错的编剧，他与产业之间的距离在哪里？是什么让这些投资人停止了阅读失去了兴趣？

大部分关于剧作写作的书籍，在有关故事创意这一章都不会过多着墨。而关于故事结构、人物以及写作的过程都会有写不完的内容。所以，"选择写什么"这一话题就受到了冷落。遗憾的是，编剧自己也不太重视这个问题。但在短片的创作上，故事的创意尤为重要。

第一节　将注意力集中在创意上

当编剧完成一部剧本创作时，他们通常知道该是剧本创作质量得到反馈的时候了。他们会从一些能够保持观点客观的专业人士，或者一些学识渊博同时还能认真对待编剧技巧的人那里获取反馈，因为这些人会提供不加掩饰的意见，即使有时这些反馈的意见会难以入耳。但有趣的是，他们在还未花费数月甚至数年时间写作剧本之前，很少会针对自己的创意寻求同样的反馈。其实，那时才是对他们的最终作品有最大影响力的时刻。正是那时，他们完全可以做出最重要的创意选择。

编剧为什么不早点寻求创意反馈呢？也许他们是在担心故事的创意被剽窃。通常编剧新手会比较担心这一点，而职业编剧对这一点很少有疑虑。尽管我们不能给只有一两句话的故事创意去注册版权，其实想法也不是那么容易被剽窃的。即使被剽窃了，也通常会变成一个跟最初的创意非常不同的剧本。笔者认为，对于大多数编剧来说，真正的原因在于创意的产生和评估是一个痛苦且无形的过程：直到开始写作一场场戏，或者至少在结构整个故事之前，看起来像是什么也没有发生。思考故事创意的过程让人不太觉得是在"写作"。但其实它是，而且是整个创作过程中最重要的"写作"部分！

在好莱坞，代理专业编剧（或准专业编剧）的经纪人都懂得这一点，他们会坚持要求客户在开始正式写作之前先跟他们通气，讲述一遍故事。他们会"枪毙"掉大多数创意，给没有"毙"掉的创意提很多建议。他们不想让客户浪费时间去创作一部一开始就有缺陷的剧本。

作为编剧，笔者也不断提醒自己时刻注重专业读者对于创意的反馈；作为老师，笔者发现这是一个普遍存在的问题。在我看过的上百部学生剧本中，几乎所有剧本都在故事创意上有严重的缺陷。如果我在他们开始写作之前就听他们讲述了故事创意，我会尝试说服他们换一个更合适的短片故事。如果我们从创意聊起的话，我给他们的建议是，他们剧本里约有90%的内容可以提前做出修改了。所以，我在剧本创作课上进行改革，拿出三周的课时先来开发和修改创意，并不鼓励学生急着动笔。

笔者给编剧的首要建议就是：在你开始结构或者写作大纲之前，找机会让你的创意得到专业读者严肃客观的反馈、点评。这个反馈过程可能会持续很长一段时间，也会涵盖很多不同的、短暂的、使你兴奋的创意。若它们中的大部分内容都不能让专业读者感兴趣，就意味着剧本完成稿也不会赢得他们的关注。与其在几个月之后再大改，还不如现阶段就做出修改。不管你以何种方式获得高品质的反馈，无论是你寻求编剧朋友的帮助，还是花钱请一个剧本顾问，在创意阶段都应该做好这件事。

第二节　剧本工作的重要性排序

可以说，决定一个项目成功与否的潜在因素就是其核心创意，这甚至占到了整个项目三分之二以上的比重。核心创意通常可以用几句话组成的梗概来表达，最多也不超过一页纸。通过这个梗概，业界专业人士通常就可以决定是否愿意继续读下去。决定我们机遇 60% 的因素正是涵盖在这一"迷你提案"的基本创意之中。所以，可以这样认为：持续数月的大纲写作、剧本改写，以及得到的反馈等绝不是编剧过程中最重要的，最重要的部分是在这一切发生之前。

然而，这一基本创意的提出是相当不容易的，而且非常花时间。在赢得业界专业人士的兴趣之前，一般会遭遇多次失败。虽然大多数人不愿意花太多的时间用在核心故事上，但残酷的现实是，那些投资人会质疑它，通常会驳回它，连带驳回所有其他辛苦的工作，除非你有一个被足够认可的故事创意。

大部分编剧会把精力放在写作每一场戏上，以及不断打磨叙事结构，以达到专业品质，而不是花时间去研究创意的可行性，但这恰恰才是最重要的事。作为编剧，你应该把核心创意作为首要目标，把更多的时间和精力花在故事创意上，学习如何创作出一个优秀的故事创意。

当你拥有一个可行的创意时，而且你对它已经充满信心，剩下的才是去做另外的 40% 的事。而在这 40% 之中，30% 在于选择结构：关于确定整场戏的故事分配，以及每场戏里将要发生哪些故事。因此，剧本中的文字本身——描述段落和对白，也就是真正的场景写作——只占到整个项目工作的 10%。

对于很多编剧新手来说，这个数字确实让他震惊。90% 重要的事情竟然都藏在剧本的背后，竟然是编剧在开始正式写作之前的工作！不是说剧本写作不重要，场景写作以及优秀的结构和大纲当然能够使你的剧本脱颖而出，但这两方面都不是你的项目获得成功的决定性因素。因为有可能在这两件事被看见之前，你的项目已经因为故事创意不够好而被"毙"掉了。

第九章
好短片的特质

现在我们知道了影片创意的重要性。那么，什么样的创意适合拍成短片？好的创意需要具备哪些因素和条件？短片并没有时间去悠闲地探索多个主题。因此，这个创意必须是新鲜的，是观众从没看到过的创意。人物即使没有引起观众同情，也要使观众在某种程度上能产生共情。故事在告诉观众一些事情时，还必须保留一部分惊喜。

当然，这些都是一些基本要求。想出一个好创意，的确是一个复杂的过程，很大程度上取决于我们对于短片电影这一媒介的理解。不过，也有几个特殊方面值得思考研究，以帮助我们评估和开发一个创意。

第一节　简单程度：将剧本的冲突集中

▼ 限制动作的时间长度

亚里士多德说的对——"时间的统一能防止情节的松懈。"你应该将剧本中的动作尽可能压缩到一个简短的时间跨度里。短片电影的情节不应该横跨几个月或者几周，这会严重消解戏剧的紧张感。理想状态下，短片故事都不应该跨越几天的时间，最好是限制在几小时之内，甚至是与银幕时间同等的在真实世界的"真实时间"。

较短的时长意味着短片编剧拥有更少的时间去交代环境，介绍和发展人物，揭示冲突或者打动观众。因此，优秀的短片电影创意一定是相对简单的。通常，一句话就可以讲清楚这个创意。它们大多围绕一个明确的戏剧动作来构建情节，以此来建立一个明确的冲突。故事的展开就集中在这个主要冲突上，甚至从开端、发展到高潮只有一个主要事件。为了做到这点，就要挑选人物生命中的重要时刻进行戏剧化创作，而不是试图将他的整个生命囊括进去。

在奥斯卡获奖短片《共进午餐》（*The Lunch Date*，1989）中，仅仅一场吃沙拉的戏就是整部影片所依据的中心冲突。这个故事很简单：一位老年贵妇以为一个流浪汉吃了她的沙拉。依据她的假设，她所采取的行动构建了这部短片的冲突和故事。

另一部奥斯卡提名的法国短片《我会等待下一个》（*J'attendrai le suivant...*，2002）在不到 5 分钟的时间里讲述了一个残忍的故事。故事始于一个相貌平平的女孩乘扶梯下地铁站。旁边上升的扶梯上，一对对情侣正秀着甜蜜浪漫。她落寞地走进地铁车厢，这时，一个男士尾随她也跳了进来。紧接着，他对着整个车厢开始了他的幽默演说，讲述自己不断失败的恋爱经历，如今只希望通过这样的方式找一个心仪的女子共坠爱河。他的自白让女主角怦然心动。整个演讲期间，这个女孩都一直注视着他，被他的幽默逗笑。最终，男人说出了他的想法：任何感兴趣想和他发展一段关系的女人，请在下一站下车。他说他在寻找真爱，并不是一段露水情缘。地铁进站，门开了。女孩犹豫了片刻，随后下了车。她期待着男人一起下车。谁知这个男人留在车厢里并没动，他告诉女孩他是个演员，演讲只是一场表演。她震惊地望向他，眼神充满了伤心。画面切到黑屏，我们听到男子在车厢里谢幕，并且号召大家给他的表演捐钱的声音。

这两部短片都选取了人物生命中的一个短暂时刻，并通过丰富的细节给我们讲述了一个动人的故事。创造力不光是你写入剧本里的创作内容，还包括你选择不写进剧本的内容。

为了进一步增加戏剧性，也可以考虑采用类似时间锁的设计——建立一个倒

图 9-1　电影《我会等待下一个》剧照

计时，在此之前，所有事情都应该完成，冲突要在此之前得到解决。这就是为什么在好莱坞动作片里，所有的引爆装置都有一个能被观众看到的数字计时器，倒数离爆炸还剩余的时间。因为倒计时增添了紧张感，它迫使人物去行动，而且是立即行动！

▼ 限制人物数量：坚持只有一个或少许主要人物

观众通过人物与这部电影产生感情。在短暂的银幕时间里，一大堆人物不仅不会让观众产生认同感，连区分他们都变得困难。比如说，在一部两三分钟的超短短片中，三个人物就已经太多了。上一节中，我们提到的《共进午餐》和《我会等待下一个》两部短片中，都只有两位主人公，其中一个是我们的视点人物，我们通过这个视点人物的眼睛来观看、体验以及感受故事。

同时，短片务必要坚持非常简单的 logline（好莱坞专用术语，指"用一句话概述影片内容"）、目标以及情节线。众多的人物需要花过多的时间去充分发展他们，所以人物越少，效果越好！

▼ "展示"，而不是"讲述"（"Show, not tell"）

当画面不能完全表达编剧的意图时，对白常常被用来当作补充。但请记住，一位好演员的脸部特写能表达出很多内容，甚至比一位优秀编剧在剧本中设计的对白所表达的还要多。同样也请记住，一部由对白主导的剧本或许更适合制作成电视剧或舞台剧，而不是电影。

对短片来说，要做到"展示"，而不是"讲述"。揭示人物的对白可以写得很好，但或许也会沉闷，还非常花费银幕时间。而银幕时间正是短片这一形式最宝贵的东西！我们可以提前对场景、事件、人物的视觉化镜头等内容进行设想，用场景，无对白的状态，以及用蒙太奇或图像的剪接来完成对人物或故事的揭示。

把握影片的时长很重要，你必须在相对短的时间内展示一个完整的故事。本章中介绍的所有获奖影片都展示了编剧在剧本中是如何面对这些挑战的。他们考虑了戏剧的元素和规则。他们重视电影的视觉力量，以此来揭示人物和情节。他们做的是展示，而不是讲述。他们理解对于剧作类型认识的重要性。通过这一切，他们创作出能够表达动人情感的剧本，并确立了从片头到片尾都能引起观众共情的主题。

第二节　属于你的原创性

▼　有趣的人物

有多种方式可以使人物变得有趣。人物面临的冲突所带来的足够张力会刺激观众的兴趣。比如一个被困在高速公路上的人物，除了知道他被困在高速公路上，除此之外我们对他一无所知。但如果外加一架巨大的喷气式飞机在他头顶盘旋，揭示他哪儿也去不了。他的这一困境就足以支撑我们提起兴趣来看完整部电影（如果片长小于 3 分钟）。不过，如果影片时长更长一些的话，我们就需要对主人公有更多的了解。

在短片中，通常是人物的行为使他更有趣。他如何面对冲突？采取了哪些行动？他所面临的后果是什么？这种种行为将提示观众，让观众定义他是谁，而并不是从他所说的话，或者从别的人物嘴中说的话来定义他是谁。你要找到可以在动作中介绍主人公品质的一些方式，最好是加上你自己对人物的理解，属于你的独特理解是与众不同的。

▼　冲　突

好的短片故事并不只是简单包含一些冲突因素，还要能充分展现一个富含冲突的情境。冲突可以是一个想象中本来就存在的，也可以发生在一个情境、一个"竞赛场地"中，但它必须是涉及人物的冲突。

不管是真人短片还是动画短片，故事里的人物都必须具有真实的维度，以便观众去理解故事。最好的人物是那些为了完成某件事或达到某个目标所不断努力

图 9-2　电影《生命课程》剧照之一

图 9-3　电影《生命课程》剧照之二

的人。他们的需求、欲望和目标将推动他们不断前进，同时，他们也会遭遇各种问题和障碍。反对力量可以是一个人物，也可以是众多的人物；可以是一个实际的障碍，也可以是一个令人恼火的局面，甚至是一次内心的怀疑。不管这个反对力量是什么，它必须被外化，并且展现出这个冲突与主人公的关系。这个反抗不仅会建立起直接的张力和吸引力，还能创造出推动情节发展的冲突。

　　短片电影的冲突可以是微妙的，也可以是明确的。在前文提到的《共进午餐》一片中，冲突是微妙的，两个人物（老年贵妇和流浪汉）之间固有的阶层差异使他们互为对抗力量；在影片《生命课程》①中，两个主人公（艺术家和他的爱人助理）之间的冲突是直接明确的，他们在任何一方面都是相对的。

▼ 情　感

每个成功的短片实际上都是在表达情感内容：不管是引我们发笑的喜剧，还是让我们感动落泪的故事。如果你没能以某种方式打动观众，你就没有完成任务。伟大的编剧会思考如何让观众随着故事的推进而逐渐感知故事，而不只是考虑观众在故事结尾时的感受。如同剧作中设计人物弧一样，他们在整部电影中也设计了观众的情绪弧线。

▼ 原创性

最好的电影，无论是短片还是长片，都一定是令人耳目一新的。或许我们已经看过了许多动作片、喜剧片以及家庭片的更新迭代，但只要在观众最熟悉的故事场景中加入一组新鲜人物，就能给一个熟悉的电影类型重新注入活力。比如说《比佛利警探》仿佛是《妙探出差》和《致命武器》的结合。

根据从来没有被电影探索过的想法而创作的内容，也同样能够提供一个绝对原创的品质（《哭泣的游戏》）；关于一个老话题的新观点，也能创造出一种新鲜的感觉（《不可饶恕》）；一种革新的影像风格，也能使熟悉的情节线重获生命（《抚养亚利桑那》）。类型的结合也能给我们提供一种新的眼光，比如一部融合喜剧片和西部片两种类型的影片（《灼热的马鞍》）或是一部谋杀悬疑类型的悲剧（《唐人街》）。

电影故事发生的场景设置也可以增添原创性的元素。我们看过数不清的发生

---

① 《生命课程》（*Life Lessons*）是影片《大都会传奇》中的第一部短片，由马丁·斯科塞斯执导。《大都会传奇》是弗朗西斯·福特·科波拉、马丁·斯科塞斯、伍迪·艾伦三位导演拍摄的关于纽约的三部短片合集。

在美国公路上的"哥们儿喜剧"（Buddy Film），从《哈克贝利·芬和他的伙伴》到《阿呆与阿瓜》，但《杯酒人生》通过让两个哥们儿探索加州的酒庄之旅就让人眼前一亮。

为了让大家进一步理解原创性的开发，我列举了以上这些长片电影的例子，以方便读者找来参考。由于短片资源一般不太好找，有机会的话，我可以整理出来想办法分享给感兴趣的读者。对于短片来说，原创性更为重要！提前将创意的原创性纳入考虑范围，可以为你的创作，甚至为之后的修改工作节省很多时间。在创作时，我们要不断问自己："我故事里有哪些东西是新的、与众不同的？"只有你本人，才能发现属于你的原创视点。

第三节　电影化的品质

歌德认为，"显出特征的艺术才是唯一真实的艺术"。而电影的特征正是它的视觉化。世界上最伟大的视觉艺术之一——比如《蒙娜丽莎》和《星空》——都只是两维空间的艺术。和它们一样，电影也是通过画面来讲故事的，只不过电影是运动中的画面。创作者面临的挑战是，要挖掘藏在表面之下的东西，并找到一个视觉上的等价物。将头脑中的想象变为现实，将内在的外化表现出来。

不用说，所有好短片都必须是电影化的。它们不应只是由很多说话的人头拼接而成，它们必须是视觉化和听觉化的。这意味着，一部好的叙事影片要利用它跟其他叙事媒体的显著区别。长篇小说、短篇小说、新闻、戏剧、情景喜剧、电台或者剧场，所有这些叙事媒介都依赖于写下的和说出的文字来传播故事和表达意思。而电影真正的力量，正在于它既用了声音，又用了画面来讲述故事。我们依次来分析电影与这些媒介在以下几个重要方面的区别。

▼ 影像的力量

首先，我不得不强调影像的力量。我们看到的东西都在有意或在潜意识里强烈影响着我们。西方有句谚语："A picture is worth a thousand words."意思是说

"一幅画胜过了千言万语"，这是非常有道理的。在如今这个充斥图像的世界里，这句话本身也被不断地更新。从生理层面来讲，我们大脑处理视觉信息要比听觉信息快得多。尽管我们要先写出一个剧本，确保故事能被搭建起来，然而在剪辑机房，我们常常发现，在纸上需要详细解释的信息，却能够迅速地在视觉形式中被消化。如果在剧本形式中，讲述老人和他周遭世界的悲伤可能需要很多文字来描绘，但当我们在银幕上看到一位年迈的老人，其形象虚弱孤独，他所承受的苦痛便自然而然地浮现到我们眼前。

影像允许我们更靠近主题。电影用大量真实的细节来讲故事。在有限的时间内，电影不只是暗示真实，而是能够在银幕上真切地创造出真实的感觉。电影人可以在他才华的允许下，充分地定义一个环境。当他通过对画面的组接和选择，在银幕上转化出一个可信的世界时，观众就会更加相信他讲述的故事。如果我们看到的世界反映了我们的现实生活，或者说真实地再现了我们所处的世界，那么我们就更容易接受它所承载的故事。而它所创造出的这块"真实"的幕布便能够帮助观众进入一个"故事世界"。

在另一部奥斯卡最佳短片《弗朗茨·卡夫卡的美妙人生》（*Franz Kafka's It's a Wonderful Life*，1995）中，编剧兼导演彼得·卡帕尔蒂 [1]（粉丝因他在《神秘博士》里的出色表演亲切称呼他为"皮卡叔"）使用了高耸的哥特式公寓群的模型。当摄影机升到模型的顶部，正对着一扇亮着的窗户时，不祥的音乐响起。在这个寒冷、简朴的房间里，弗朗茨·卡夫卡栖息在他的桌前，手握着笔，面对稿纸，正在挣扎着写下他书中的第一行字。

"Gregor Samsa"，他边说边写，"一天早上，他从一个不舒服的梦中醒来，发现自己变成了一只巨大的……巨大的……什么呢？"他苦思冥想，明显看上去很不安。他在房间里到处看着，看向炉子的通风口、时钟、窗户……他的眼神最终落到一盘香蕉上。突然，他的眼神被点亮了。电影切成了黑白画面，展现出一个裹着毯子的男人。毯子揭开后，我们发现他是一只巨型香蕉！等我们回到卡夫

---

① 彼得·卡帕尔蒂（Peter Capaldi），是苏格兰伟大的导演之一。该短片是一部由卡夫卡故事转型而来的轻松和独创的表演剧，是苏格兰超现实主义电影中的伟大杰作。

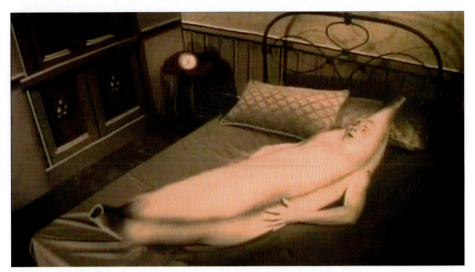

图 9-4　电影《弗朗茨·卡夫卡的美妙人生》剧照

卡的房间，他已经把稿纸揉成一团，扔到地上的一堆纸团里去了。

巨型香蕉的画面替代了语言，视觉形象瞬间将我们带入这个"皮卡叔"创造的世界，它明显与我们所处的世界不一致，但很多细节又来自我们这个真实的世界。"皮卡叔"通过对幽默的有效运用，以及对每个细节的处理，让观众接受了他创造的"现实"，理解并享受了这个取笑创作过程的故事。

▼ 运动特性

另一个将电影与其他媒介区别开来的主要因素是运动。有三种方式来理解运动：人物的运动（动作）、空间中的运动以及时间中的运动。

为了使观众对片中的人物感兴趣，人物必须做一些事情：采取行动。人物所采取的动作真正揭示了这个人物，这对于观众理解叙事尤为重要。小说可以用文字告诉我们故事里发生了什么，而在电影中，我们必须亲眼看见发生了什么。它变成了某种真实的记录。而当这个"真实"被怀疑的时候，比如黑泽明的《罗生门》或者大卫·柯南伯格的《蜘蛛梦魇》，我们会感到迷失，这又给电影人提供了另一种有力的叙事工具。故事在电影中随着时间的推移而展开。我们看见故事的发生，并不只是听见它被讲述。一部好的电影，故事是通过人物的动作以及对动作所做出的反应而展开的，目睹这一切的发生使我们对故事产生了兴趣。我们会猜测接下来将发生什么，我们会不自觉地试图去搞明白故事。我们不断思考这些开放的问题，直至看到一个满意的答案为止（影片的结局）。观众目睹人物挣扎着去得到他想要的全过程，从而更能融入人物的世界中。

在时间和空间中运动也是电影的一个明确的特性。与叙事画不同，虽然同样都是在空间中展现戏剧故事的艺术，但电影表现了整个故事，而不只是叙事画所表现的某个静止的时刻（比如画作《最后的晚餐》VS 影片《基督最后的诱惑》）。看电影时，观众取代了摄影机的位置来观看电影创作者想让观众看到的具体事件。而当创作者移动摄影机时，观众也跟随摄影机进入故事的世界，会遇到不同的人物和情节，人物生动的表演既刺激观众的感官，也让观众的心智一起投入对意义的探索中。机位和摄影机运动（改变一场戏中的视点，以及场面调度）极大地增强了观众对于银幕事件的感知和经验，放大了比如惊慌或兴高采烈等情绪。富有表现力的动作能把观众带入一个场景，或者带出一个场景。它可以表现崇高与自由，也可以暗示危险或限制。

拿奥斯卡提名的短片《感官愉悦》（《The Dutch Master》，图 9-5）来举例，护士特蕾莎（Teresa）对于即将到来的婚礼紧张不安，在一次偶然参观纽约大都会博物馆时，她对一幅 17 世纪的荷兰画着了迷。接下来的每一天，她都去看那幅画，她被画面中的性感深深吸引，被画中的年轻男子所吸引。她的朋友、老板、未婚夫以及父母等所有人都对她的行为感到困惑，并打破了电影的"第四堵墙"，以银幕上和银幕下解说员的身份讲述他们对事件的看法。通过这些人的讲述，我们才发现她为什么如此着迷：对她来说，这幅画活了起来，并且她可以自由进出画中的世界。通过富有表现力的摄影机运动、灯光和音乐，观众一起分享了特蕾莎的奇妙经历。

电影人如何使用其独有的工具——空间、灯光、色彩、声音以及时间——依然还是取决于他的才华。但原始蓝图（剧本）必须提供足以让电影人最大化地发挥其视觉特长的机会。电影人的工具与画家的工具很相近，他用空间、灯光以及色彩来创造有效的画面，再加上时间和声音，他扩大了画面的范围来讲述故事。

图9-5 电影《感官愉悦》剧照

影片在不同地点与不同时间段（过去、现在和未来）之间任意切换的能力，给剪辑带来了无限的可能性。将现在与过去并置，在不同的城市之间切换等方式，都可以使一部电影出人意料，引人入胜。我们得以在一部电影中"移动"，最大限度地分享人物的经验和感受。当我们突然在不同的时间段和场地间切换时，我们能体验到电影中的人物所体验不到的；我们是在以讲述者的视角经历故事。这种能够同时体会片中人物的情感以及感受电影人视点的能力会带来惊人的结果（当然，影片中人物在回忆或闪回时也可以体验到这种双重经验。）。

▼ 尽量不借助对白推进故事

如果你的故事情节需要大段落的对白来解释，那么它或许更适合成为一出戏剧、一部短篇小说或是长篇小说。在短片电影中，故事必须通过动作来讲述。人物在做什么？他们做哪些动作能推进故事？这便是经常被提到的短片故事的著名规则："展示，而不是讲述"。编剧和电影人都应该把这一点铭记于心。

导演艾尔伯特·拉摩里斯[①]在短片《红气球》中将现实和理想完美融合。这部短片获得了1957年奥斯卡最佳原创剧本奖，这一奖项历来都是颁给长片的，这是奥斯卡历史上唯一一次短片荣获该奖。《红气球》全片几乎没有对白，讲述小男孩帕斯卡在上学路上捡到一只红气球，红气球陪伴他上下学，他很喜欢这只红气球，为保护这只气球不被别的小孩抢走，他经历了一些遭遇。全片用动作和冲突承载了内容，不需要对白，就完美传递出帕斯卡因红气球而经历的神奇故事。

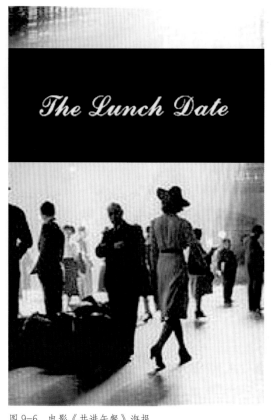

图9-6　电影《共进午餐》海报

前文提到的短片《共进午餐》（图9-6）也同样，片中几乎没有对白。故事源于两个主人公所属不同阶层的生活而展开。一位年老贵妇在中央车站错过了火车，又丢了钱包。为消磨等车的时光，她用最后的零钱买了一份沙拉。她把这份沙拉和几个购物袋放在一个桌上，转身去拿餐具。回到桌旁，看见一个黑人男子正坐在桌旁吃着她的沙拉！"那是我的沙拉！"她气愤地说道。黑人男子冲她笑笑。她坐下，试图把沙拉拿回来，但他不让。她愤怒地用叉子使劲戳生菜，仿佛在戳流浪汉。他眼睛都不眨

① 艾尔伯特·拉摩里斯（Albert Lamorisse），法国著名导演。他导演的《红气球》获得1957年奥斯卡最佳原创剧本奖、英国电影和电视艺术学院特别奖、1956年戛纳国际电影节金棕榈最佳短片奖、1956年路易德吕克奖。

一下，甚至也没有笑她。整盘沙拉吃完了，他起身，她也准备离去。这时，他又回来了，手里端着两杯咖啡。她惊讶地接过咖啡，于是，他们共享了一段友好的咖啡时光。然后广播传来她所要乘坐的火车到站的提示，她赶紧起身离去。在穿过车站时，贵妇突然想起自己的购物袋没拿，又急忙赶回咖啡厅。桌子还没有收拾，男人已经离开，她的购物袋也不见了。她伤心地踱步，结果在经过旁边一张桌子时，她看到了一盘没有动过的沙拉还有自己的购物袋。她醒悟过来，原来自己坐错桌子了，不禁笑出了声。她简直不敢相信她的所作所为。当她赶上火车时，电影结束。但她的举止已经彻底被这次遭遇改变了。冲突建立在她的假设上，而且她的侵略性是通过她的行为表现出来的。

这部短片除了仅有的几句台词之外，几乎算是一部默片。与《红气球》一样，它同样不是依靠对白推进情节的，而是靠人物的动作和反应来推进情节。通过剪辑，将重要的信息（隔壁桌上的沙拉）保留住，直到电影人要揭示戏剧情节点时，再通过老妇人的视角揭示出来。一个简单的故事（不到10分钟的短片）揭示出我们习以为常的对于人的假设与实际情况之间所产生的距离。这部短片成功地通过视觉来传达信息，而没有依靠对白。

第四节　深层意义：主题

所有伟大的电影，不管是长片还是短片，都有一个比编剧表面所写的故事线更广泛的主题，它是影片潜在的统一思想。主题往往与普世的观念、问题和情感有关，是全人类共通的经验：爱、荣誉、身份、妥协、责任、野心、贪婪、内疚，等等。这些想法和情感的普世品质确保了观众能在比剧情更深的层面产生共情。

缺乏主题，影片仿佛失去方向，只能对极少数观众产生影响。没有一条统一的主线，这个作品就没有目的和意义。主题是电影的终极命题。美好战胜邪恶，爱征服了一切……这些主题尽管宽泛，但表达了人对于这个世界的基本观点。

前文提到的《生命课程》一片，讲述一个成功的纽约艺术家与他助理之间在爱情即将完结时刻的故事。而影片深层的主题其实是要沉沦爱情还是要坚持艺术追求。在奥斯卡获奖短片集《昨天，今天以及明天》里，有一部名为《罗马的马拉》(《*Mara of Rome*》)的短片，表面上是讲一个妓女遇见了一个年轻的神学院学生。其实，它的终极命题是信仰和爱的力量。简·坎皮恩①的短片《果皮》(*PEEL*，1986)讲述一位父亲带着妹妹和儿子在看房回家的路上，儿子和妹妹先后往车外扔果皮，他制止他们时发生争执的故事。影片真正的主题是我们无法与家人顺畅沟通。

在开始写作时不一定要把主题完全表达出来，但在最终的完成稿里必须要明确主题。主题通常伴随写作过程中出现，或者在写作过程中发生改变。或许在最终发现和确定主题之前，你要经历好几稿的写作。不管你的主题啥时候出现，最好能通过它将故事统一起来。若你的故事越来越靠近主题，别的与之相关的选择就会变得更加容易。

每个人的生命都是一个独特体验的积累。你必须利用这种独特性来创作一个属于自己的剧本。只有这样，你才能写出一部全新的作品。同时，新并不仅仅是新奇，所以千万别为了新而新。在短片中，所有事情，就连最微小的细节都要有戏剧性。你是个什么样的人，决定了你的创作主题。最好的主题来源于你的感情、经验以及你对周围人和世界的思考。为了让主题吸引观众，首先你必须被它吸引，吸引你去理解、相信或者愿意分享它，能让你把个人信念与集体道德准则联系起来。对你来说，它必须很重要。你必须相信它，要是连你自己都不信，那就没人会信。

如果主人公坠入爱河，剩下的剧本都在试图捕获他所心仪的芳心，那么你的故事就是关于爱的。但这是哪一种爱？是会随着时光推进而深入的浪漫情感？还是一种会导致灾难发生的迷恋？对待你的主题，要像对待情节的设计一样具体。

以下几个问题可以帮你定义和明确一个主题。你可以问问自己：

1. 这个故事是如何打动我的？

2. 它能表现出我最好的理想或最深的恐惧吗？

3. 故事有没有自带的普世主题？

---

① 简·坎皮恩（Jane Campion），新西兰导演。她编剧导演的电影《钢琴课》获得第 46 届戛纳国际电影节金棕榈奖、第 66 届奥斯卡金像奖最佳原创剧本奖 。

4. 故事中有没有原型关系？母 / 女，父 / 子，导师 / 学生，人物之间是否彼此有联系？

5. 如果你已经对故事的结局有想法，哪怕只是一个初步想法，那么可以带着结局一起看待整个故事。看看这个故事告诉了观众什么主题。

6. 故事中谁被摧毁了？谁成长了？

7. 是什么引起的毁灭或成长？

8. 如果主人公胜利了，是哪些特质帮助他战胜这些困难的？

9. 他在故事开始时具有这些特质吗？

10. 如果没有，他是如何获得这个特质的？

关于主题的必要性总是存在争议。电影的确首先要娱乐大众，但就算在以逗人笑为目的的喜剧中，优秀的影片也会依据人物所处的境况做出自己的评价。故事总是要表达一个主题的，编剧对自己所说的话越有意识，信息的吸引力就越有力量，电影的效果也就越好。但电影不能对观众说教。一个比较好的方法是，把主题当成剧作的一个工具，使故事不偏离轨道，而不是生硬地传达信息。

第十章
短片的结构：
两幕式还是三幕式？

10

很少有人会关注短片的结构，我猜大概是由于短片的时长所限，没有足够的时间来处理或构建复杂的结构。抑或是因为短片作品的视觉形式和艺术形式有更大的可被"检阅"的空间：短片具有很强的实验传统，因此比起长片电影，多了一个在博物馆展览的渠道，而博物馆的观众可能更关心视觉艺术方面的问题，而非故事结构。

短片的剧本结构和框架，往往揭示出这些作品是如何被讲究比例均衡的戏剧形式所影响的。因此，从研究剧本结构入手，能更深刻地提升短片带给观众的影响。正如亚里士多德所说："初学者在措辞和人物上比在故事的构建上，能更早取得成功。"我想说的是，即使是在短片这种简短的形式中，也应该更多地关注故事的构建。

第一节　亚里士多德的两幕结构及其相关研究

在所有出版的关于两幕结构和三幕结构的书籍和文章中，最古老的要数亚里士多德的《诗学》（公元前335年）。亚里士多德在《诗学》中频繁强调，与戏剧的其他元素相比，结构更具重要性。亚里士多德认为，一部悲剧可以分为两个部分：结和解。在《诗学》中，亚里士多德这样描述这两个部分："所谓'结'，始于最初的部分，止于人物即将转入顺境或逆境的前一刻；所谓'解'，始于变化的开始，止于剧终。"[①]

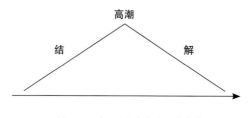

图10-1　亚里士多德的两幕结构

[①] 亚里士多德.诗学［M］.北京：商务印书馆出版，1996：131.

在亚里士多德之后的几个世纪里，其他一些理论家陆续评论了亚里士多德的两幕结构范式（figure），并试图使其更加精确。比如德国剧作家古斯塔夫·弗雷塔格[①]，他在研究亚里士多德两幕结构的基础上提出了五幕结构，也被称为"弗雷塔格金字塔"。如图10-2所示，弗雷塔格没有改变亚里士多德两幕结构的基础，而是保留了相同的两幕结构和框架，试图通过"情节上升"和"情节下降"来发展（advance）它。弗雷塔格的范式可以被当成是两幕和三幕结构的折中方案。

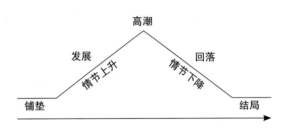

图10-2 "弗雷塔格金字塔"

在近期研究中，有学者[②]认为，"弗雷塔格金字塔"存在的问题是代表着"结"和"解"的金字塔两翼的等同时间。然而，亚里士多德也没有明确这两个翅膀的时间比例，并且大家也假定亚里士多德认为它们是相等的。如果我们根据大多数

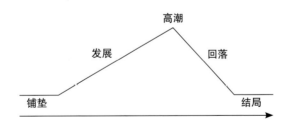

图10-3 明确时间比例的两幕结构

---

① 古斯塔夫·弗雷塔格（Gustav Freytag），德国剧作家、剧作理论家，代表作《Freytag's Technique of the Drama: An Exposition of Dramatic》，Composition and Art, Scholarly Press, 1896.

② 比如Nasroalah Ghaderi所著的《戏剧结构的解剖》（*The Anatomy of Drama Structure*）（笔者译），Tehran: Neyestan Publications, 2001.

以故事为中心的经典作品中高潮的发生时间，将时间比例纳入亚里士多德的范式中，就会发现，高潮应该位于接近结尾的位置。因此，就有了图10-3所示的两幕结构示意图。

我们在大多数情节驱动的作品中常常看到这种简单的两幕结构。也有少数以故事为中心的经典作品没有高潮，相应地被分成两个主要部分，即第一幕和第二幕。

第二节　悉德·菲尔德的三幕结构及其相关研究

悉德·菲尔德是提出三幕式结构的关键人物，他在几本著作中，系统论述了三幕结构以及几个重要的情节点。建议想要做编剧的人都去仔细拜读他的书。悉德·菲尔德没有用高深的理论拒读者于千里之外，他的书深入浅出，常读常新。由于章节篇幅所限，我们对悉德·菲尔德的三幕结构做如下简要的提炼和解释：

第一幕（"建置"）：第一幕开启了整个故事，带领观众进入主人公的世界，建立了这个故事的主题，并且确立了人物关系以及人物需求，说明围绕动作的环境。因此，第一幕被称作"建置"（Set-up）。

第二幕（"对抗"）：在第二幕中，主要人物在获取他的需求的征途上不断遭遇障碍，并且尝试去战胜它们。主人公的需求是指在剧本发展中他一直想要赢取、获得或者得到的那件事情／事物／目标。我们必须充分了解主人公的戏剧需求，以便能够创造出足以挑战这个需求的困难与障碍。整个第二幕就是关于主人公为达到他的戏剧需求，从而克服（或者没能克服）这些重重困难。因此，第二幕被称作"对抗"（Confrontation）。

第三幕（"结局"）：该幕意味着所有问题都得到解决，而且最重要的是指打开了所有情节纽带的因素。在故事的结尾处发生了什么？人物是死是活？他成功还是失败了？他赢了那场比赛吗？他结婚了吗？离婚了吗？该幕揭示"对抗"之后的答案，因此被称作"结局"（Resolution）。

悉德·菲尔德的三幕结构电影有着巨大的影响力，编剧和剧本研究人员持续地对三幕结构进行研究，以扩充和发展它。例如，希克斯（Hicks）将观众对一部作品的三个反应阶段（吸引、期待和满足）与三幕结构的三个部分进行了比较。[1] 此外，Pramagiore 和 Wallis 还考虑了三幕结构的组成部分，进一步探讨三幕结构与中国古代章回小说或戏曲讲故事的理念"起承转合"之间的呼应关系。[2] 汤普森把剧本的中间部分（第二幕）分成两个独立单元（复杂和发展），并提出了一个四幕结构。[3] 其实，悉德·菲尔德在 1984 年出版的《电影编剧创作指南》[4] 中，也进一步介绍了第二幕中间的一个情节点，进而修改了第二幕的长度，以避免编剧在处理这一幕的复杂性时而产生疑惑。他形容他的学生一写到第二幕，就仿佛变成被困在暴雨飓风中的盲人一样。

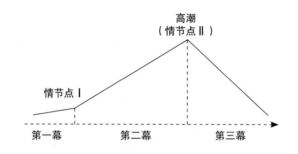

图 10-4　悉德·菲尔德的三幕结构

　　发展三幕结构并将每一幕划分为更小的单元，对于编写长片剧本是非常有帮助的。然而，对于短片的剧本创作来说，增加幕的数量可能会使编剧的写作过程复杂化，并导致编剧完全放弃剧本的结构。

① Hicks, N. D. (2004), Screenwriting 101: The Essential Craft of Feature Film Writing, Los Angeles: Michael Wiese Productions. 2011 年后浪出版过中文翻译版，名为《编剧的核心技巧》。
② Pramaggiore, M. T. and Wallis, T. (2011), Film: A Critical Introduction, 3rd ed., Boston: Allyn and Bacon.
③ Thompson, K. (1999), Storytelling in the New Hollywood: Understanding Classical Narrative Technique, Cambridge: Harvard University Press.
④ Field, S. (1984), The Screenwriter's Workbook, New York: Dell Publishing.

第三节　短片结构的选择：两幕结构与三幕结构之比较

通过比较两幕结构和三幕结构的范式，我们可以得到有趣的结果。亚里士多德在《诗学》中提出了一种由"结"和"解"构成的二幕结构，这种结构与悉德·菲尔德的三幕结构（建置、对抗、结局）有相似甚至重叠之处，并且都表现出几乎被忽略的两个关键差异。

如图 10-5 所示，在三幕结构中出现了一个重要的新的节点（情节点 I），它将两幕结构中的前一幕分为两个部分。因此，通过这个转折点的加入，亚里士多德范式中的第一幕（"结"）就被分成两个较小的幕。很明显，将"结"这一幕分为两部分（第一部分和第二部分）创造出了新的一幕，便是悉德·菲尔德在三幕结构中所说的"建置"。

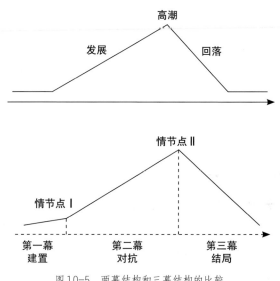

图 10-5　两幕结构和三幕结构的比较

此外，通过给两幕结构的范式增加一个转折点，三幕结构就有了情节点 I 和情节点 II 这两个转折点。其中，第一个转折点导致了从稳定状态（第一幕）发展到不稳定状态（第二幕）的转变，第二个转折点带来了高潮，并结束了不稳定状态和混乱状态，进入第三个部分，也就是第三幕。

对于短片来说，剧本写作的主要焦点是故事创意。短片虽没有足够的时间来完整地发展三幕结构、人物弧、背景故事等，但无论其规模大小，即使是一部超短短片，它也有各组成部分以及各部分之间的相互关系。时间长短与结构无关，即使是一部非常小的作品也应该有良好的结构。

按照三幕结构来安排短片结构的话，我们大概可以提炼出表 10-1 的内容。分别是根据每一幕的属性、复杂程度和剧本样式（比如以视觉呈现为主 VS 以对白呈现为主）所需而定的长度，分配给每幕戏所需要的总页数。在好莱坞剧本格式里，英文剧本中的每一页大概等同于 1 分钟的银幕时间。（注意：在中文剧本中，若按照好莱坞格式来写作，大致是一页剧本等同于 2—3 分钟的银幕时间。）为了方便计算，我们姑且按照英文的 1 分钟等同于一页剧本来进行换算。

表 10-1

	第一幕	第二幕	第三幕
3 分钟短片	0.5 页	1—2 页	0.5—1 页
10 分钟短片	2 页	4—5 页	2—3 页
20 分钟短片	5 页	9 页	6 页
100 分钟电影	30 页	40 页	30 页

通过分析表 10-1，我们发现，短片所需的简短、快速代入的"目标"，给第一幕留下的时间非常短。在本书第六章"短片与长片的区别"中，我们提到短片与长片之间存在着很多区别。不只是在戏剧的体量上有区别，在情节结构上也大有区别。在长片故事中，我们需要展示整个激励事件的发展过程，激励事件一般位于长片第一幕的中间，将第一幕分为两部分，打破在第一幕前半部分建立起的人物原本的生活状态。

而在一部 5 分钟的短片里，也许激励事件在影片开始之前就已经发生了。由于时间的限制和短片作品对于简洁性的要求，短片的人物以及他们之间的关系，或者人物世界中所固有的各种方面，一定要迅速引发冲突。也就是说，冲突甚至应该在第一幕开始之前就已经形成。短片中的人物应该尽快在行动中被介绍给观众；当冲突（激励事件）在"淡入"之前就已经发生，影片直接以不稳定的状态开始时，效果会好得多。在一部 2 分钟到 4 分钟的超短剧本中，几乎没有留给介绍人物或事件的时间，即没有时间去铺垫通常意义上的第一幕。讲故事的人要每时每刻都先于观众。几乎所有的超短短片都应该不断发展动作，直到快淡出时，高潮才到来。

综上所述，两幕结构可能更适合作为短片的结构。在这种结构中，观众不需要花太多时间来建立与人物之间的深层次认同，观众会将注意力更集中在短片故事冲突的展示上面。所以，我们再次强调，创意对于短片的重要性。此外，短片作为电影化的媒介，其视觉化也是吸引观众的一个重要特质和手段。这就引导我们进入第三部分内容的学习——短片的"另类"剧本创作。

第三部分　岔路口：
　　　　　视听化的"另类"剧本

第十一章
视听化剧本

11

第一节　剧本写作的不同思维：以布列松和科波拉为例

剧本中哪些元素最重要？短片《红气球》的成功，意味着对白绝不是最重要的，尽管每部剧本都含有或多或少的对白。这或许会让一些观众吃惊，因为对白通常能给观众留下深刻印象。走出影院时，许多观众都说过类似这样的话——"她说的那句台词真是太棒了！"一些台词过于优秀，以至于演变成我们生活的一部分。或许不少职业编剧也会对对白并不是剧本最重要的元素这一观点感到吃惊，因为他们通常习惯于利用对白来跟观众进行直接交流。

著名导演希区柯克（Alfred Hitchcock）对电影叙事有许多见解，他认为对白只是声音的一个方面，是其中的一个组成部分而已。对白是从人物嘴里说出来的，而人物的眼睛同时也在用视觉术语讲故事。换句话说，希区柯克认为视觉表达和对白同等重要。

短片作为视觉叙事的媒介，视觉表达对于短片剧本来说更是重中之重。《唐人街》的编剧罗伯特·汤这样描述他的剧本写作："当我在写剧本时，我只是描述一部已经被拍摄的电影而已。"电影最根本的视觉属性导致了一个有趣的悖论：编剧必须充分地对他正在创作的这部电影展开想象，但是，只有一小部分编剧所想象的东西会真正地出现在剧本中，而这部分想象必须能满足对某个场景或某个人物的描述。更不用说，只有一小部分出现在剧本中的内容最终能在银幕上以它原有的想象被呈现出来。场地选取、卡司配置、表演、剪辑以及摄影方式，所有这些影片摄制的环节仿佛都在密谋创作出一部与编剧脑海里的影片完全不同的作品。

视觉叙事并不是简单的镜头选择和构图设计。实际上，传统剧本中并不包含这两方面。大家普遍认为只有没经验的编剧才会把镜头设计直接写在剧本里，因为这属于导演和摄影的职责。传统的剧本要求有经验的编剧在不涉及镜头设计的前提下，依靠画面讲述故事，并且能通过有趣的视觉环境来交代场景，这些应该是剧本的核心，也应该是编剧技巧的着眼点。有趣的是，从电影史上很多自己担任编剧的导演所写的剧本中，我们会发现另一番景象。

比如罗伯特·布列松和弗朗西斯·福特·科波拉 ① 这两位导演，通常都自己写剧本。比较这两位导演，他们无论是在剧本写作，还是在导演自己所写的剧本时，都提供了两种截然相反的工作方式，并从他们的剧本中反映出不同的工作方式以及对待影像的态度。比如说，指导演员的不同方式。布列松的理念是让演员进行精确、重复的表演，这种极简主义允许观众进入角色的精神层面。相反，科波拉持有完全传统的表演理念，要求通过外在的面部表情以及人物动作来揭示人物的心理以及动机。

布列松拍摄的最后一部影片《钱》② 也许是他电影哲学的终极表达，这部80分钟的影片改编自托尔斯泰的短篇小说《伪息券》，为布列松赢得第36届戛纳电影节主竞赛单元最佳导演奖。有人甚至将布列松这种有节制的极简主义，描述成"视觉虔诚"。他对运动的精确考量，对人物身体细节的细致观察，比如手和脚（人物动作的主要载体），对神情和观看的生动捕捉，对表演一贯的拒绝，以及对视觉画面与声音之间的严格互补性等很多方面，都体现出他独特的讲故事方式的重要品质。布列松电影中无与伦比的视听统一性引导我们体会他电影主题中的情感和感受。它们不可分割地嵌在形式里，而不仅仅是由摄影机和录音机捕捉到的演员／角色的戏剧表演中。布列松并不是在捕捉演员的表演，而是在创造影像化的表演。因此，他的剧本并没有拘泥于传统剧本格式，而是根据他的意图来进行剧本的编写。

我们以影片《钱》的一页剧本为例，来分析布列松是怎样编写这种"另类"剧本的。

---

① 弗朗西斯·福特·科波拉（Francis Ford Coppola），美国导演。他编剧的《巴顿将军》获得第43届奥斯卡最佳原创剧本奖，后因导演《教父》三部曲大获成功，获得多个奥斯卡奖项。
② 《钱》（L'argent，1983），第36届戛纳电影节主竞赛单元最佳导演奖，第36届戛纳电影节金棕榈奖提名。

469. M.S. Yvon bites one and carries the others in the palm of his hand. He catches up quickly (leaves frame) with the woman.

Nuts being eaten.

Yvon's steps.

470. M.S. The woman by the barrow full of washing. Yvon (enters frame) brings her the nuts. She eats one while taking up the barrow and setting off again (leaves frame).

Yvon's steps.
Eating of nuts.

Wheelbarrow.

471. W.S. The woman pushing the barrow and Yvon following her (enter frame) stop by the washing while Yvon (pan) empties his pocketful of nuts which he quickly cracks on a stone and comes (pan) to offer one to the woman. They hang up
the washing together while munching the nuts.

Barrow.

Eating of hazelnuts.

SHED - NIGHT

472. M.S. Yvon asleep. He sits up suddenly, waits for a few seconds, throws off the covers and jumps to his feet.

Silence.

Yvon's. steps.

473. C.U. The axe in the basket on the bench, scarcely visible in the darkness. Yvon's hand (enters frame) takes hold of. The axe and Yvon (track back and pan) goes to the door, which he goes through (leaves frame).

GARDEN AND KITCHEN - NIGHT

474. M.S. (Camera in the kitchen). Yvon appears silhouetted behind the glass door of the kitchen. He breaks the lock. He enters, pushing the door to behind him, stands motionless for a moment listening. Mirza barks somewhere in the house. Yvon goes forward (leaves frame) resolutely.

Lock.
Door.

Distant barking of Mirza.
Yvon's steps.

图 11-1 《钱》剧本节选

为了方便读者阅读，我还是先将这页剧本翻译成中文再进行分析。

469. 中景。伊万嘴里吃着坚果，手心捧着一把坚果。　　吃坚果声。
他快速跟上了女人，出画。　　　　　　　　　　　　伊万的脚步声。

470. 中景。女人站在堆满洗好衣服的手推车旁。　　　伊万的脚步声。
伊万入画，递给她坚果。她边吃边推起手推车，　　　吃坚果声。
出画。

471. 全景。女人推手推车走着，伊万跟着她（入画），　手推车车轮声。
停在了晾衣绳旁。女人铺开洗好的衣服，伊万从口袋
里掏出坚果，迅速地在石头上砸开坚果，给女人一个。　吃榛子声。
（摇镜头）
他们一起晾衣服，嘴里嚼着坚果。

车棚 一 夜

472. 中景。伊万在睡觉。突然，他坐了起来，过了一会，　安静。
他掀开被子站了起来。　　　　　　　　　　　　　　伊万的脚步声。

473. 特写。凳子上篮筐里的斧头，在黑暗中几乎看
不清。伊万的手（入画）拿起了斧头，伊万（镜头跟，
然后摇）走向门，从门走了出去（出画）。

花园和厨房 一 夜

474. 中景。（摄影机放在厨房里）伊万在厨房的玻　　　米拉兹（狗）在房子某处
璃门后是个剪影。他打开锁，进入厨房，关上身后的　　叫了起来。伊万果断地朝
门。一动不动站着倾听。　　　　　　　　　　　　　前走去（出画）。 开锁声。
门声。　　　　　　　　　　　　　　　　　　　　　伊万的脚步声。
遥远地传来米拉兹的叫声。

　　这个剧本从形式上与我们通常意义上的剧本差别非常大，左侧是对视觉画面的描述，右侧是对声音的描述。这种详细的一个镜头接一个镜头的剧本，充满了摄影指令和细致的关于人物运动的描述，完全没有传统剧本里的场景描述段落，也没有对白。因此，在这种剧本中，区别导演、编剧和剪辑的那条线已经模糊了。布列松身兼编剧、导演和剪辑工作，需要对整部影片进行构思，因为叙事只有在整体语境下才有效。这种剧本让人很难读下去，很难得到最终成片带来的那

种力量。其原因在很大程度上是由于这种叙事的推动并不依靠冲突中人物的戏剧性，更多的是依靠视觉张力。

当然，如果是一个对布列松的视觉风格、拍摄手法以及他的哲学观都不甚了解的投资人或制片人，肯定不会理解布列松这种独特叙事方式的整体影像潜力。布列松在剧本中给我们提供了尽可能多的导演及剪辑元素，而不是我们习惯的那种读剧本时就能获得的戏剧冲突、人物弧等相关因素。

将这种剧本与科波拉写作剧本的方式进行对比，我们会发现，科波拉的剧本明显沉浸在经典好莱坞传统的戏剧性里。他的代表作《窃听大阴谋》[①]的剧本简单明了，像任何传统剧本一样，仅描写最基本的设置、动作以及对于传统剧本来说最

图 11-2　电影《钱》剧照

重要的对白。而布列松的剧本中，只有很少量的对白作为叙事的推动力。科波拉的叙事在很大程度上依靠角色所说的话以及相应的角色没有说出来的话。

这个剧本是一个经典案例，我们来看中文翻译：

---

① 《窃听大阴谋》（*The Conversation*，1974），第 47 届奥斯卡最佳影片、最佳原创剧本提名，第 27 届戛纳金棕榈奖。

INT. The ROOM. NIGHT

[...]

The bathroom door opens. Harry steps out, staring at her.

HARRY

Why are you singing that?

AMY

It's pretty.

HARRY

Why that song?

AMY

What's the matter Harry?

HARRY

Someone else was singing that song today.

AMY

A girl?

HARRY

Yes.

AMY

(playfully)

Now I'm jealous. Who is she?

HARRY

I don't know her...I...it's something else.

AMY

You never told me where you work Harry.

HARRY

Different places. Different jobs. I'm a musician. A freelance
musician.

AMY

Do you live alone Harry?

HARRY

Why are you asking me questions all of a sudden?

AMY

It's your birthday...I want to know about you.

HARRY

Yes, I live alone, but I don't want to answer any more questions.

He moves to the kitchenette; we can feel that he doesn't want to
stay here any more.

HARRY

Your rent is due this week.

She doesn't answer.

图 11-3 《窃听大阴谋》剧本节选

内景　卧室　夜晚

【……】

浴室门开了。哈瑞走出来，盯着她看。

哈瑞

你在唱歌？

艾米

这首歌好听。

哈瑞

为什么是这首歌？

艾米

怎么了哈瑞？

哈瑞

今天有人也唱了这首歌。

艾米

女人唱的？

哈瑞

对。

艾米

（玩笑似的）

我吃醋了。她是谁？

哈瑞

我不认识……我……是别的事情。

艾米

哈瑞，你从不告诉我你在哪里工作。

哈瑞

不同的地方。不同的工作。我是个音乐家。自由职业的音乐家。

艾米

你自己住吗，哈瑞？

哈瑞

为什么突然问我这些问题？

艾米

今天你生日……我想多了解你一些。

哈瑞

是的，我自己住，但我不想再回答更多的问题了。

他走向厨房，我们感觉到他不想再待下去了。

哈瑞

你的房租这周要到期了。

她没有回答他。

图 11-4　电影《窃听大阴谋》剧照

通过剧本里的这场戏，我们看到如何只靠人物对白的戏剧性和基本动作来完成剧本，甚至没有一处暗示到一丁点的影像化元素，也没有任何场景里人物要做的动作的说明。

哈瑞和艾米之间的复杂冲突通过他们身体的互动被视觉化地呈现出来，哈瑞想要跟艾米亲热，而艾米却想知道哈瑞更多的真实情况。他不断尝试去亲吻她，而她持续地躲避，甚至吃起了饼干。剧本在一定程度上暗示了他们之间的冲突，但剧本中并没有提到他们亲密的身体互动。

笔者经常用这场戏作为高年级学生导演课上的小练习。几乎没有学生能创作出两个人物之间的身体互动，大部分学生都呈现出一段静态的两个人物之间的对话。当他们看到科波拉电影中演员的视觉化呈现时，都惊呆了！

布列松的最终成片跟剧本之间的差异就非常细微，因为他的剧本尝试尽可能细致地描述了所有的视觉细节。相反，科波拉的剧本基本没有提到任何视觉信息或行为动作，这明确反映出他在创作影片时与演员互动的工作方式。他说："一部剧本要像俳句。它必须非常精练、明确、极简。当你要把它拍成电影时，你会从演员那里获得很多建议，这些建议会对你有用，对吧？你要去倾听演员所说的话，他们通常都有很棒的点子。"①

与演员多年打交道的工作经验使科波拉能创作出极简的剧本，他知道通过与演员、摄影、剪辑以及其他不同主创的合作，会使这部剧本获得生命。通常，他的剧本看起来全都聚焦在对白上。相反，布列松的电影几乎是完整地存在于他的脑海中。剧本的写作过程，就是尽可能全面描绘出他脑海中的影像。但这两种情况中，电影的生命力都不是存在于剧本里，只有当所有电影元素最终结合到一起时，电影才最终完成。

分镜是拍摄和粗剪得以成型的基础。从这个意义上来讲，剧本是这段旅程中的其中一部分。在这个阶段，叙事结构和戏剧性是至高无上的。就像布列松的工作方式——"电影是在我的脑海里的"。也同科波拉一样，电影是在导演和其他主创的磨合交流中成型和发展的。可以说，当一个导演作为编剧进行剧本写作时，是被身体里的导演和剪辑所指引的。另外，剧本阶段对于声音的运用也是非常重要的，通过声画间的张力和互动，可以更具体地传达出特定的人物信息和叙事信息。

对于短片来说，为了能够更全面地运用声音对人物及其动作的暗示作用，甚至可以在剧本写作阶段就与声音指导讨论相关的想法。比如说，一些会对表达人物情感和动作起重要作用的声音效果、声音类型和节奏等，在写剧本时就可以加进去。观众会看见什么，不会看见什么，哪些戏是必要的，应该以何种顺序叙事，

① 科波拉的访谈，2015 年 5 月 8 日，http://99u.com/articles/6973/Francis-Ford-Coppola-On-Risk-Money-Craft-Collaboration。

哪些是该被明说的，哪些是可以通过声音或画面表达的……所有这些细节都取决于编剧／导演对于在影片中如何把听觉和视觉元素结合到一起的理解和设计。甚至影片的叙事结构都是同时被编剧、导演和剪辑三者之间的相互作用力所引导的。

通过比较布列松和科波拉两位导演不同的剧本写作方式，我提倡将这两种方式结合，从而具备一种全方位的剧本写作思维。尤其在当今这个影像表达的时代，创作者通常身兼数职。而当影像表达代替了戏剧作为短片驱动力的情况下，传统的剧本格式显得过于束手束脚。如本书第一章所述，所有主流学校都在讲授传统格式，将其作为最合适的表达和衡量影像意图的方式。而对于在新旧媒体交替、正在被重新定义的环境中工作的创作者来说，创新的力量正推动这个多元产业中许多新鲜事物的成长，之前那种由一个人在远离生产制作的其他环节的情况下完成剧本创作的情况会逐渐成为过去。毕竟，编剧、导演和剪辑都在跟同一件事打交道：用影像化的方式讲故事。

编剧在塑造剧本时越能自信地涵盖导演和剪辑的考量内容（实际上还有声音设计），那么在写作时就越会用到尽可能多的影像元素。其实，区分电影和电视剧的基本特征在于，电视剧是用摄影机捕捉演员的表演，正是这些表演推动了叙事表达，而电影除了表演，还会用到其他元素，如视觉、听觉、节奏以及剪辑等方面。这些元素会形成一个新的之前并不存在的表演呈现。如今，电视剧也越来越视听化，电影和电视剧之间的界限正在逐渐模糊。因此，对于剧本写作的思维，有必要追寻时代的步伐进行不断调整。

第二节　运用导演思维创作剧本

在大部分短片创作中，编剧和导演通常是同一个人。如果在剧本创作的阶段就带入导演思维，不仅可以提升剧本质量，还会为后面的导演工作节省时间、提高效率。那么，导演思维中有哪些因素是写剧本时可以考虑的呢？首先，我们来探讨导演构思包括哪些方面。

▼ 导 演

电影的摄制，是一个集体合作的产物，导演仿佛是球队教练，或是乐队指挥。导演必须把一群才华各异的个体整合成一支制胜的团队，或是一个协调统一的整体。导演工作中的一个重要任务就是去激励这些富有创造力的合作者，使整体的总和必须大于各部分相加之和。

如果说导演创作的基础是文学剧本，那么，与各部门之间沟通的基础就是导演构思，各个部门合作的基础也是导演构思，即对未来影片的情节、人物、画面、声音、节奏、色彩等方面所做的总体设想。如果没有一份导演构思，各部门就会各行其是，将一部电影拍成不伦不类的东西。比如，摄影师把电影拍成油画风格，作曲却用古筝或二胡来编曲，再加上夸张的喜剧式表演，或采用时空交错的复杂结构，这些大杂烩反映在同一部影片里，就会使影片的风格不统一、不协调。这说明导演没有自觉的意识去把握全局，没有承担起他作为电影这一综合艺术的中心所应负的责任。

▼ 导演的工作

导演的工作将贯穿于整部影片从策划到诞生的过程始终，分为筹备期、拍摄期和后期制作三个阶段。

在筹备期，导演根据文学剧本产生导演构思，即对影片做出总体计划，并对各重大问题做出决定；再和各部门讨论协商，形成分镜头剧本。分镜头剧本是对导演构思的具体落实，是影片的设计图。案头工作准备差不多时，便可着手选演员、选外景、商定内景方案，以及确定人物造型，商定影片的音乐、声音构成等。

第二个阶段是拍摄期。但在实拍之前，导演要与各部门主创进行充分的沟通。理想状态是，导演把对影片的创作意图，以及如何达到这个创作意图，用简洁、清楚的语言写在"导演阐述"中，并与各位主创进行沟通。也就是说，"导演阐述"表达了导演创作一部影片的初衷。一部好的影片，通常都会基本实现了

"导演阐述"中的基本构想。

导演阐述的内容：主要包括影片主题、时代背景、人物设计、分场景设想、风格样式，以及对各部门的要求。

在实拍之前还有排演。每个导演的工作方法不同，有的习惯从头到尾全部串排，让演员适应角色；有的强调演员的现场感受，仅通过小品练习，达到表演方法的一致；有的习惯让演员不带机器提前走位。这一阶段，通常会产生新的分镜头方案。然后，才是实际拍摄。实拍期时间不一定要很长，前期筹备得越扎实，实拍期就越短、越经济。

导演工作的第三阶段是后期制作。剪辑可以说是导演的再创作，剪辑台上浓缩了影片制作的幸福与遗憾。画面剪辑完成后，最后是声音制作，包括配音、音乐、音效、混录等方面。

▼ 将导演构思体现在剧本创作中

如前文所说，导演构思是导演与各部门之间沟通的基础，也是各部门创作的基础。导演主要从人物配置、视觉设计、听觉设计、叙述结构的安排、类型和风格的确立、分镜头设计等几个方面进行构思，完成对整部影片基调的把握。我们分别从这六个方面来看它们在剧本中是如何运作的。

人物配置

关于人物，导演要从人物形象的配置、人物基调的把握以及人物的具体行动三个方面来进行构思。

人物形象的配置：人物设置（删减／增加）＆人物关系（人物总谱）

人物形象的配置包括人物数量的设置以及人物关系的设计。如果有能力在剧作阶段进行导演构思，厘清人物关系，就可以去掉剧作中那些人为的巧合与纠葛所构成的戏剧性关系，使人物关系更符合生活的横断面。

在长片电影中，如果一个故事的主角没有挣扎，没有在自我意识中成长，没有任何变化，那么这个故事就无法打动观众。这个成长的过程就叫作角色的发展（也被称为"人物弧"）。长片的故事架构至少需要显示出其中一个角色在某种程度上的发展过程，而短片却不一定需要。短片中的人物不一定要有变化（人物弧），短片的重点在于揭示一个事件或是一个发现。短片的时长也让观众更容易接受一个没有发生质变的主人公。

人物基调的把握

● 独特的命运。

● 独特的精神天地（与众不同的内心世界）。

● 内心矛盾的复杂性。

仔细看你创作的剧本，或许你的人物丝毫没有趣味。这时，可以将导演构思中对于人物基调的把握运用在你的剧作中。去思考人物的命运线，人物的精神天地与内心世界，以及内心世界的矛盾性。让一个角色立体生动的方法之一，就是寻找严肃角色的幽默感或滑稽角色严肃的一面。

设计具体的行为动作来表现性格

剧本中人物的情绪是如何表达的？是用描述性段落，还是用具体的动作来展示呢？

找到剧本中的情绪事件，将其具体化，给人物设计动作和行为。影片《廊桥遗梦》里，梅丽尔·斯特里普调整摄影师衣领的一个小动作，创造出整部电影中最性感的片段，也成为电影史上的著名段落。设计具体动作时，可以结合道具的运用，道具在人物生活中扮演了很重要的角色。在剧本的描述段落或台词中，通常都会出现与角色生活物件有关的线索，把它们单拎出来，或许可以给人物增添更多生活细节，更好地表现人物性格。

视觉设计的选择和组织

拍摄一部影片，如同设计人物总谱一样，在总体上也要有空间总谱、光线总谱、色彩总谱和节奏总谱的设想。一般来说，影片总的视觉设计首先由导演先确定下来，各主创才能依此制订本部门的具体方案。比如摄影指导和灯光师会根据光线和色彩的总谱来确定摄影用光的基本倾向；美术指导则根据色彩和节奏总谱来做美术方案的设计。

比如在《人工智能》（图11-5）和《黑天鹅》（图11-6）两部影片中对于镜面反射的使用，将美术设计和影片主题完美结合，提供了出色的视觉造型。在

《人工智能》里，通过镜像表现出人工智能小孩对于人类做咖啡这个行为的好奇，又在"母亲"出门前喷香水的那场戏里从镜子中脸的特写来凸显他想赢得母爱的决心。而在《黑天鹅》中，镜像的运用在影片开篇选角那场戏里也很贴合，首先是练功房这样的环境，自然就有很多面镜子；其次符合影片双重人格的主题，通过镜面反射着重表现出幻觉。镜面反射对于导演而言是一个强有力的工具，因为镜面反射能让你从

图 11-5　电影《人工智能》剧照

图 11-6　电影《黑天鹅》剧照

两个方向来看事物。比起全景镜头或特写镜头，镜面反射能够更有创造性地展开场景，并且更加经济，不用摄影机运动、不用进行剪辑，就可以实现多个目的。

　　这两部影片都是将导演构思应用在拍摄中的案例，若在写剧本时就能将这种导演构思带入，例如把镜面反射这个元素加入剧本中，就是我们所说的视觉化剧本。用视觉形象来推动故事、展开场景，比仅仅依赖情节推动叙事会显得更加丰富、有效。

听觉设计的选择和组织

　　虽然有录音指导，但导演也要提前考虑听觉设计的风格：整部影片的听觉总谱是趋于清淡抑或浓重？是需要多种声音的复合效果，抑或比较纯净的风格化声音处理？我们通过听觉的三个方面——对白、音效和音乐——分别进行分析。

对白的处理

对白务必要贴近生活，剧本里的对话，常常并非生活中的真正对话。实际上，剧中人物和现实生活中的人一样，常常不说真话，他们往往也不知道真相。他们对事物的记忆也会不完整、不准确，他们可能不承认摆在眼前的事实。当然，有时他们也会撒谎。在实际生活中，人们会改变话题，会有弗洛伊德所说的最能透露真实想法的下意识失言，会忘记刚才说了什么，而且往往意识不到为什么。在实际生活中，人们的对话常常并不完整，并不严谨，还经常会几个人一块儿说，一个人还没说完，另一个人就开始插话了；有些本来不结巴的人，着急时说话也可能结巴起来。还有一点容易被忽略的，每个人说话的音色和频率也都不一样。

这些道理说起来都懂，可在实际写作时，我们容易给人物写一些专门的"台词"，而不是生活中真正的对话。这也是一些学生短片看起来不真实的一个重要原因。这对我们剧本写作有很多启发，比如有时候一些多人对话的场面，台词不一定要写的非常工整，甚至可以设计一些互相穿插乃至覆盖的段落。这种对话段落不是要让观众听清楚，而是为了渲染氛围。

另外，对影片中对白的理解要广义一些，人的声音不光是指语言，还有喉咙里发出的哼、哈声，还有哭声、笑声等。这些都是人们在生活中常用到的。传统剧本默认"读者"都能理解（或是自行脑补），文字上就很少去表达这些声音。在剧作中，注意要让每个角色有自己的说话特色。同时，对白绝不应该是复制画面已经呈现的东西。在对话双方的言语互动中，沉默有时更有力量。

音效以及音乐的处理

声音可以作为转场连接起两场戏，电影史上著名的《美国往事》中长达4分钟的电话铃声将这种处理用到了极致。

导演在考虑影片的声音构成时，除了考虑怎样调动声音的艺术功能之外，还要考虑声音和画面怎样结合。一般来讲，声音与画面结合有两种方式，一种是同步，一种是对位。

同步很好理解，声音和画面合一，是结合规定情境做有声源处理，加强了画面的真实感。对位是指，当你在看一个东西时听到另一种东西的声音，从而使画面与声音之间产生一种新的联想、新的作用。"对位"其实是从音乐借来的术语，有一种作曲方法就叫作对位法，是指两个音程不同而气质相似的旋律先后出现，交替进行，组成复调。比如《小鞋子》的高潮戏，画面上是在参加跑步比赛的阿里，声音却是阿里脑海中妹妹对他说的话。通过对位，声音产生了空间感，改变了时间，还创造出幻觉。

有趣的是，从我们人类声带的长度来讲，其实在声音当中最大的内容应该是音效，而对白和音乐分别排在第二位和第三位。通常，大家都把对白放在第一位，忽略了音效，而音效是画面里本该有的声音，会大大增强影片的真实质感。在创作剧本时如果能对音效有一定的关注，肯定会有事半功倍的效果。同时还应该考虑，是否非要使用音乐来渲染人物的心情呢？用环境本身具有的声音行不行呢？

叙述结构与叙述角度的安排（对短片创作至关重要）

导演构思的第四方面是叙述结构和角度，这对于剧本来说是很重要的，对于短片创作更是至关重要。叙述结构主要分为顺叙式、倒叙式，以及时空交错式。电影的时空是自由的，却是必须经过精挑细选的；电影的时空是强制的，却要给观众留下很大的想象余地。我们一定要注意，越能起艺术效果的东西，用起来越要吝啬。比如对于闪回的使用要谨慎。学生作业里面，闪回仿佛变成一味灵丹妙药，每当剧情需要被进一步解释，或者一个突然出现的人物需要被介绍时，编剧就会请出闪回这味药。

叙述角度与叙述结构是分不开的，我们用一些经典影片的案例来说明这几种不同的叙述角度。

以《公民凯恩》《罗生门》为代表的多角度叙述

《公民凯恩》通过与凯恩有关的各种人的讲述来尝试拼凑出这位死去的报业大亨的真实人格。《罗生门》里一个武士和他妻子路过荒山，遭遇了不测。妻子被侮辱，而武士惨遭杀害。惨案是如何酿成的呢？强盗、妻子、托灵武士亡魂的女巫和樵夫四人提供的证词却各不相同。为了美化自己的道德，减轻自己的罪恶，掩饰自己的过失，人人都开始叙述一个美化自己的故事版本。

以《偷自行车的人》《罗马十一时》为代表的"纯客观"第三人称

这两部影片都是意大利新现实主义的代表作。意大利新现实主义同情普通的平凡人，多描绘小人物。他们的创作原则是忠实地反映历史真实和现实生活。为了加强真实感，新现实主义电影提倡把摄影机搬到街上拍摄真实的场景，时常邀请非职业演员来饰演角色，影片中人物的对白也常使用地方方言。

我们需要注意的问题是，很多以第三人称叙述的影片，导演忽然觉得人物需要回忆了，就插入一个主观镜头，比如天旋地转、虚焦点等，这些东西出现在客观叙事角度的电影里，会显得非常别扭。有的影片时而主观，时而客观，人物想到哪儿，就闪到哪儿，给观众一种混乱庞杂的感觉。实际上，从人真实的思维过程来讲，回忆的东西往往是不定型的，也缺乏逻辑性。而很多学生作业中，一表现回忆，就是完整的一段戏，时间、地点、人物语言都很精确、很实，甚至还有回忆者不可能看到、知道的事情。这种回忆已经离开了人物的主观心理和思绪，变成了客观叙述。这正是对于叙述角度缺乏思考的结果。

以《湖上艳尸》为代表的"真正"的第一人称，全片都是主观镜头

在电影《湖上艳尸》（图 11-7）里，"我"（摄影机）是一个侦探，却从头

图 11-7　电影《湖上艳尸》剧照

到尾没出现过视觉形象，但又是个实际存在的人物，而且有动作，"我"的动作（运动）全由摄影机代表。当其他角色跟主人公说话时，也就是对着摄影机说话，只有当侦探照镜子的时候我们才能看到他。虽然这部影片的评价很两极，但这种不遗余力的追求精神值得我们学习。

以《安妮·霍尔》为代表的打破"第四堵墙"的叙述方式

在《安妮·霍尔》（图11-8）这部影片中，伍迪·艾伦承担了叙事者的角色，评论在非犹太人社会中身为犹太人的处境，评论自己与母亲的关系，评论自己像个局外人的方方面面。伍迪·艾伦认为可以自由地在叙事中随意嵌入评论。

同时，伍迪·艾伦在《安妮·霍尔》中的一大创举是，让人物直接面向观众说话（比《纸牌屋》早了36年）。正如他向观众介绍他小学同学的那场戏，画面上都是小学生，但他们在告诉观众他们长大成人后的所作所为。这种天使般的视觉形象和台词里展现出的颓废的未来——"我在戒毒""我是一个妓女"等一系列令人心碎的事实，使视觉和听觉之间产生巨大的反差，令人触目惊心。导演通过这一反差表达了对生活的失望，这些小学生成年后的生活与童年的预期可谓天差地别。

图11-8　电影《安妮·霍尔》剧照

第三个层面，伍迪·艾伦还把现实世界带入了电影世界。比如那场在电影院排队的戏。伍迪·艾伦和安妮排队打算观看马赛尔·奥费尔斯的纪录片《悲哀和怜悯》。在他们身后，有两个排队的人在闲聊。其中一位男士滔滔不绝地讲述麦克卢汉的理论，艾伦越听越气，他和"高谈阔论男"（哥伦比亚大学教授）争论起来。最后，伍迪·艾伦干脆直接请出了真正的麦克卢汉（由本人出演）。麦克卢汉说自己并不认同教授对自己理论的阐释。这是一个打破了电影和真实世界高墙的经典案例。

通过比较以上四种代表性的叙述角度，我们发现，不同的叙述结构与叙述角度会让影片穿上不同的"衣服"。衣服若是合身，整部影片仿佛更有精神。因此，在剧本创作阶段，务必要进行叙事结构和角度的思考，这比开拍后甚至等坐在剪辑台前再思考叙事结构和角度，会给你提供更多的可能性，给剧本创作也留出更大的空间。

类型的确立和风格的追求

一般来说，编剧会在剧本创作之初确定影片的类型，但影片的风格基本是交由导演去掌控的。在短片创作中，由于大多情况下编剧和导演是同一个人，因此，影片的类型和风格是在剧作阶段就已经自然形成的。即使编剧和导演由不同的人担当，我也提倡在剧作阶段就运用导演思维来探索影片的风格。这有两方面好处，一方面，饱受成片与自己想象的影片之间巨大差异之困扰的编剧会获得更多的控制权；另一方面，独具风格的剧本会更容易从一众剧本中脱颖而出。因此：在剧作阶段就进行类型和风格的探索，有助于编剧展示自己独特的艺术修养和追求。

风格的追求强求不得。它既与影片的类型有关，也和创作者个人有关。每个创作者的风格，实际上就是他对世界、对人生的看法，他是如何看待世界、看待人生的，他是如何理解世界、理解人生的。因此，当创作者的艺术修养达到某种水平后，风格就会自然地流露出来。但编剧／导演也可根据自己的喜爱和特长，确定一个目标，并自觉地达到它。

类型的确立这项工作应该在剧作之初完成，因为每个类型都有自己独特的创作特征。比如，儿童片应该从儿童的心理、儿童的眼睛、儿童可能有的思维逻辑和感受生活的方式来表现儿童的世界。"带有浓厚生活情趣的喜剧"以及"带有喜剧色彩的正剧"就是截然不同的两种类型。虽然每种类型都有固化的一些创作方式，但创作者要敢于突破类型的局限性，开拓一个自由的天地，要把艺术特点发挥到极致。

分镜头设计：从文学剧本到拍摄剧本

蒙太奇作为广泛流传的一个电影术语，其朴素的本意是指用镜头的分切和组合来再现人们对于生活的认识。这个过程包括顺序、逻辑、感情、节奏等方面。其实，蒙太奇并非电影所独有。杜甫著名的诗句"朱门酒肉臭，路有冻死骨"，就是用了蒙太奇手法，将两个无声的画面并置在一起。这种组接产生了强烈的对比，从而揭示出阶级关系。

因此，不要等到坐在剪辑台前才开始思考蒙太奇，而应该在剧本创作阶段，就将这一重要的导演构思运用起来。导演蒙太奇构思中最重要的是分镜头剧本。导演在这部影片中要强调什么，淡化什么，先给观众看什么，后给观众看什么，不给观众看什么，以及什么内容到哪儿要见好就收等方面，在分镜头剧本中都可以加以体现。带着这种思维创作剧本，我们就会清楚哪些戏是重点需要多着墨，而过场戏用一两个镜头就可以交代了。

关于分镜头的过程，郑君里导演的表述非常精准，他说："导演一方面要体验人物心理过程以及在特定环境中的外在行为，另一方面要站在客观立场上观察这些活动，从而设计出最有力的调度和组接。"也就是说，导演在分镜头时应该做到两个自我，一方面要从人物的主观角度去体验；另一方面要转变成另一个自我，代替摄影机去观察，客观地考虑摄影机的角度。在分镜头阶段，每一个心理活动都应找到相应的外在动作，而每一个外在动作又一定会找到理想的拍摄角度。

在进行短片剧本创作时，一定要区分于戏剧舞台，不要停留在"三面墙"的舞台观念上，要善于发挥电影摄影的特性，使空间环境自然而然地在观众面前立体地呈现出来。虽然一部影片的所有镜头角度不可能都是最佳角度，但导演要下功夫去寻找。同样一段戏，若导演下了功夫，费了心血，就会处理得生动感人。同理，在剧本中，不可能精确描述每一场戏的每一个镜头。但对于短片剧本来说，若编剧在写作时就已经下功夫去想象、去体验，最后的效果肯定会更好。

剧作阶段最好构思好转场的方式，尤其是大段落的转换在写分镜头时要考虑清楚，因为这牵扯到整部影片的结构问题，关系到拍摄计划。而具体到一场戏的内部，可以先设计大概的分镜头，与演员排练后再做进一步具体设计。当然，很多精彩的调度往往来源于现场。但我们在剧本阶段若能提供很好的设想，就为实际拍摄打下了良好的基础。

▼ 从文学剧本到拍摄剧本

拍摄剧本通常情况下是导演在文学剧本的基础上修改而来的。对于短片来说，我认为没有必要区分"文学剧本"和"拍摄剧本"的概念，除了我们提到过的短片中编剧和导演通常是同一个人这个原因之外，更重要的一点是，由于短片的视觉化属性，比长片对于视觉的要求更高，因此在剧本创作时就应具有视觉化特征，而不能过于"文学"化。

首先，对于短片来说，一定要严格控制影片的时长。不光是为了符合电影节对于时长的要求，更因为合适的时间长度可以激发故事的冲突性，使短片更紧凑，更吸引人。过一遍剧本，为每一场戏估算时间，集中精力创作核心场景。学生作业通常容易写出过多、过长的台词以及不必要的场景。写作时要不断地进行剧本研究，多次修改剧本。

剧本研究可以分为外部和内部两种方式，外部研究是分析剧本中的动作、事件和事实。内部研究是把你对生活的所知所感与剧本分析的准备工作联系起来，探索这个故事与你本人产生的联系，以你的经验去审视和理解这个剧本。

以对白为中心的电影，角色通过语言追逐其目标，并在节拍处获得满足或挫败。由于这种电影有比较强烈的现实主义风格，导演工作起来感觉就像是在剧场和演员工作一样，一起去挖掘文本的主题和韵律，竭力塑造完整的角色形象。"电影风格"的电影很少有连续对白的场景，一般通过画面，或是通过短促的动作场面的剪接来塑造戏剧冲突。

如何才能创作出更具视觉化的剧本呢？

图 11-9　电影《毕业生》剧照

　　有一种创作方法，一开始先把影片当成无声片去创作，这对拍摄上述两种类型的电影都有好处。因为把对白加入一部视觉效果强烈的电影中，要比把效果强烈的视觉设计引入一部动作较少的电影里容易得多。

　　你还要积极找到合适的视觉表现形式来为自己所用，把你的项目当作一个视觉实体，积累你对它的看法，做一些草图或是搜集一些典型的意象。这样，你想要的电影已经在你的脑海里形成了。你还可以参考与你风格相近的作曲、画家或摄影师的作品，以此来获得更多的创作感受。《毕业生》（图 11-9 ）开篇的鱼缸镜头可谓精妙，观众透过逼仄的鱼缸感受到主人公本杰明憋闷的心情。后来，鱼缸镜头又一次出现在本杰明的房间，观众透过鱼缸看到他和罗宾逊太太一起离场。接着观众又看到了本杰明在游泳池潜水的镜头。鱼缸的隐喻贯穿于全片十分贴切地呈现出导演构思的整体性。

▼ <u>用导演思维分析剧本的几种方法</u>

在前面几部分探讨了写作剧本时如何将导演思维运用其中。这一部分，我们来看运用导演思维分析剧本的几种方法，这些方法可以将视觉化进一步用于你所创作的剧本中，也可以用于对别人创作的剧本进行修改。

分析角色场景目的

通常来说，每个角色每场戏只能有一个目的（除非一场戏中有三个或是更多的角色，每个角色有可能对其他角色有不同的目的）。哪些证据可以让我们确定某个角色的目的呢？其中最没用的信息就是角色"说"他想干什么。当角色强调其行为动机时，我们应该找到言语背后潜藏的矛盾情感或是争议事项（事件）是什么。

1. 着眼于事实提出疑问："在这种情况下，这个人物会想做什么？"不要局限于"我"/"那个角色"/正常人在那种情况下会怎么样。不要囿于成见，列出尽可能多的备选想法。

2. 着眼于角色的行为。要注意角色"做"了什么，而不是他"说"他做了什么。

3. 着眼于他谈及的事情，也就是他对事物的印象或态度。这会让我们获知一些细枝末节，让我们了解他的潜意识，也就是他想要却不知道自己想要的东西。

4. 着眼于戏中的情绪事件，观察戏里"发生"了什么事，又是如何收尾的。角色想让这些事情发生，还是想要阻止它们。

5. 着眼于角色对生活的愿景。对角色来说，什么事情最重要？什么事情值得他为之牺牲？或是不惜一切地要避免？什么事让他最感兴趣？

6. 把你的想法转化成可表演的形式。比如，他对她着迷＝他想和她发生关系，他在发泄挫败感＝他在找茬，他想找人谈谈＝他需要一个朋友。

7. 如果以上这些分析都没用，可以想想，他想让另一个角色好过还是不好过呢？

分析场景效果

每场戏都有一个核心情绪事件，也就是发生在互动角色之间的事。它可以是一件微不足道的小事。但如果一场戏中什么也没有发生，那么这场戏就没有存在的必要。我们可以制作一个场景效果表（表 11-1），对核心的戏有一个细致具体的分析。

表 11-1 场景效果表

场号	场景描述 （情绪事件）	场景动作	场景作用	场景时长

实际上，这个表格可以用于整部剧本，从而制作一个电影内容流程图。"场景动作"，是指该场景中的角色为了达到角色目的而实施的动作。在"场景作用"栏，用两三行文字内容来描述这一片段对故事线索的发展起了什么作用。这个场景效果表比分场大纲更直观，更注重戏剧效果，而不是戏剧内容。所填写的信息最好是关于场景的一些描述性标签，比如下面这些内容：

● 情节点。

● 解释说明（事实信息和故事设定信息）。

● 角色定义。

● 塑造情绪或氛围。

● 平行叙事。

● 讽刺性的对比。

● 预兆。

填写表格时要尽可能简练。当你把整部剧本画成这样一个流程图表时，你就能发现很多常见的错误。对这些常见错误进行梳理并加以解决。以下提供一些有效的解决方案：

● 错误：说明性的场景生硬地释放信息，缺乏张力，无法推动情节。

● 解决方案：使场景不仅只有提供信息的功能，还要有推动故事发展的动作和运动。考虑更换这个场景，以一系列功能性的事件替换说明性的内容。

- 错误：信息重复。
- 解决方案：删除该场戏。有的信息可能会对情节至关重要，你也许想留着以备不时之需，结果拍完了发现观众并不需要这些内容，到剪辑台上还是得删除它们。

- 错误：类似的场景、事件或情节扎堆。
- 解决方案：只有当你仔细做了场景分析表之后，你才会发现这类问题。放弃一些没有力度的场景，或者给它们设计不一样的目标。

- 错误：信息揭示得太早，或是没有必要揭示。
- 解决方案：对任何剧作来说，适当隐藏信息都是必要的。因此，要考虑将信息隐藏多久再释放出来。

- 错误：兴奋点来得太早了，导致内容有点虎头蛇尾。
- 解决方案：场景或整部剧本的高潮常常安排得不是时候，得重新安排任何可能会削弱影片力度的部分。

- 错误：事实信息来得太晚了。
- 解决方案：如果信息迟迟不来，使观众兴趣受挫，他可能会放弃观看影片。

- 错误：缺乏情绪或环境的交替。
- 解决方案：看看是否能够重新安排场景的顺序，使整个过程有更多的变化。

- 错误：时间推进过程中发生混乱。
- 解决方案：先按照时间发展顺序写一遍，就算想要做非常规的时间排列，你也可以在剪辑台上重新安排。

- 错误：用巧合去解决一个戏剧冲突（例如，"爸爸，你猜怎么着，我中彩票了！"）

●解决方案：出现这种情况，是由于剧情构思出现了严重问题，除非这部电影是在讨论生活在多大程度上是由巧合决定的。（巧合是绝不能被用来解释重要的戏剧情节点的。）

●错误：在剧情需要之前，某些角色已经消失很久了。

●解决方案：这可能意味着有太多的角色了，是否可以合并？或者有的角色太闲了，在他们自己可施展的空间内没有显得更活跃一些。

●错误：角色被构造出来只是为了很有限的戏剧目的。

●解决方案：合并、缩减角色数量，或是重新考虑角色的戏剧目的。

节拍曲线图

多次阅读剧本后，我们可以将每个场景不断变化的压力和气氛热烈程度图形化。如图 11-10 所示，时间是这个图的横轴，压力是纵轴。用不同颜色的线表示不同的主要角色，还可以用一条黑线表示整个场景的情感强度。

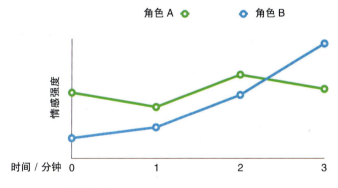

图 11-10　节拍曲线图

将这些内容以图表形式表现出来，会帮助你抽取这个场景中的精华，展示其隐藏的特征。在这个过程中，你可以检验有多少类似的场景是可以合并在一起的，以及从一个整体来看剧本，确定占支配地位的场景是什么。

对白测试

通读整个剧本，只读其中一个主要角色的台词，判断他的角色塑造是否成功？这个角色是否从头到尾保持一贯的风格？你可以带着以下这些问题来研读剧本。

- 用词是否符合角色当地的语言特点？

- 角色想通过说这些话做到或得到什么？

- 台词是否具有潜台词？

- 潜台词是否有趣？

- 潜台词是否可以更加隐晦？

- 能否给听众留下想象和推测的空间，或能否促使听众产生感情上的共鸣和反应？

- 是否可以删减一些词语，以做到更加简洁的表达？

第三节　运用摄影思维创作剧本

▼ 摄影思维与剧作思维

在剧组的所有工种里面，似乎离编剧最远的就是摄影了。所以，当你看到"运用摄影思维创作剧本"这个标题时，可能会惊呼："怎么可能！编剧和摄影根本是两回事！"如果说上一章节"运用导演思维创作剧本"还比较容易理解的话，那么这一章节或许会颠覆你对剧作的认知。当然，我们讨论的前提是短片！

所谓摄影思维，首先最重要的就是关于镜头设计的思考。在筹备期，通常导演会和摄影指导、美术指导密切合作，由他们商讨出影片基本的视觉风格。而摄影指导需要在这个总的视觉风格的要求下，寻找能够达成这一风格的手段。具体到每个镜头，都有很多种不同的设计方案：是采用固定镜头，还是运动镜头？是用长镜头跟拍，还是用短镜头剪接？是否利用前后景关系来设计镜头？是采用长焦镜头，还是广角镜头？

围绕这一系列问题的核心，也就是选择镜头设计的依据是：你想让观众如何来体验这个场景？

其实，这也正是编剧所关心和探索的问题：我们是该像观察者那样把发生的事记录下来，还是像讲故事的人那样把发生的事讲述出来？记录是一种客观行为，而讲述就涉及创作者的态度，是积极的抑或是批判的？不同的镜头设计体现出不同的创作态度。因此，将摄影思维运用在剧本创作中，可以提供一种与传统编剧不同的思考方式，有助于剧本的视觉化呈现。

我们列举几个在镜头设计上常见的最基础、最普遍的问题，再将它们在叙事语境中的意义"翻译"出来：

1. 影像的——摄影机摆放在哪里？

　叙事的——表达了谁的视点？

2. 影像的——镜头的景别是什么？

　叙事的——我们要旁观拍摄对象的生活，还是要参与进去？

3. 影像的——拍摄的角度是怎样的？

　叙事的——我们对拍摄对象的态度是怎样的？

4. 影像的——我们要移动摄影机吗？

　叙事的——我们需要比较视点吗？

可见，摄影思维与剧作思维虽然关注点不同，但本质上都在带领观众体验不同的场景。虽然摄影指导出身的张艺谋导演常常被诟病故事讲得不好，但他的影片视觉呈现一流，为他的剧作也着实添彩。不是说我们要像布列松那么极端，在剧本中写出每个镜头的设计。但在剧本创作阶段，试图加入镜头设计的概念，会使故事的画面感增强，以视觉化推动情节发展。

▼ 镜头设计

既然摄影思维能够帮助剧作，我们就来深入镜头设计的内部，依次探讨哪些方面可以拿来为剧作添彩。首先我们从最基本的镜头选择谈起。

长焦与广角

长焦镜头和广角镜头的概念，是相较于标准镜头而言的。通常标准镜头是指

图11-11　电影《毕业生》结尾处的人物奔跑

40—50mm焦距的镜头，标准镜头的视角类似普通人眼的视野。

长焦距镜头

焦距大于50mm的镜头，称为长焦距镜头。它拍摄的画面视角窄，景深小，包含的空间范围小，具有减弱画面纵深感和空间感的性能。

长焦镜头常常被用来拍摄离摄影机很远的物体，而画面效果却给人仿佛近景的感觉。例如要偷拍藏在街上人群里的演员近景时，摄影机可以躲在高楼上或临街的橱窗内，这样一来，演员置身于完全真实的空间内，而不被周围人发觉。尽管前景不时有车辆或行人划过画面，时而遮挡主角，但这种画面反而传达出更真实的生活气息。

长焦镜头改变了物体之间的距离关系，因为它压缩了纵深方向物与物之间的距离，使多层物体看起来像是贴在了一起。前景、中景与后景压缩在一起时，我们可以将焦点落在中景物体上，而让前景和后景保持虚焦，从而突出中景。因此，长焦镜头经常被用来表达电影中特殊的空间感和时间感。比如，人和远景的朝阳可以被压缩在同一构图里，或是画面中的人物向我们走来/远去，看起来却几乎是在原地踏步，可以大幅减弱速度，还可用来表现驱不散、忘不掉的回忆等。

片例如《毕业生》（图11-11）结尾处的奔跑。

《毕业生》中长焦镜头的拍摄，使本杰明虽然在拼命奔跑，却似乎无法抵达任何地方。因为时间紧迫，他要在前女友婚礼开始之前赶到教堂去阻止婚礼。然而，他的奔跑给人一种停滞不前的感觉，放大了我们对本杰明及其目标感同身受的紧张心情。

广角镜头

焦距小于40mm的称为短焦距镜头（广角镜头）。用广角镜头拍摄的画面视角广，景深大，透视感、立体感强。

广角镜头能够包容较广的空间范围和较大的景深，因而被用来拍摄全景和表现大纵深的后景。演员在具有广阔空间和较大景深的广角镜头作用下的长镜头中，更能一气呵成的进行连贯表演，而不会因为怕超出画面或焦点而过分拘束。广角镜头既可用来拍摄近景，也便于包容较宽的空间，并使后景具体而清晰。

广角镜头（特别是超广角）具有加强透视关系的功能，缺点是会使演员产生夸张变形。我们可以利用这一特性来强调人物的力度，夸张（或丑化）某些造型特征，成为实现特殊艺术意图的手段。

总的来说，机位和镜头的选择会改变观众对空间的感受。不同焦距的光学镜头，具有不同的视野范围和透视关系，直接影响到电影画面的构图和物体运动的效果。比如，一条拥挤的街道经常用一个长焦镜头来拍摄，为的是把车辆和人流压缩，表现成一个疾速运动的"海面"；然而，当拍摄一个在监狱铁栅栏后哀求的人物时，可能要用广角镜头，这样可以在前景中突出他穿过栅栏的手部，表达人物对于自由的渴望。在剧本创作时，若具备一定的摄影思维，有助于编剧具体地思考、想象画面，从而更好地刻画人物和情境。

固定镜头和运动镜头

固定镜头显得主观，运动镜头显得客观。因此，不同的拍摄手法能改变影片的情感表露方式，可以更具个性，或是更加敏感。当然，我们也可以将这两种方式合理地结合起来，如果只用一种拍摄方式会显得比较平淡，而固定镜头和运动镜头交替出现，则会产生强大的感染力。

运动镜头是一个综合概念，摄影机能运动，演员也能运动，两者可以运动其一，也可以两者都运动。我们在创作剧本时，通常都会考虑演员的运动方式和运动轨迹，却很少考虑到摄影机的运动。从传统意义上讲，这并不是编剧的本职工作，或许正因此，很多剧本会显得死气沉沉缺乏活力。尤其是在新媒体时代，拍摄的灵活和便捷对剧作提出了更高的要求。如果在剧本创作阶段就考虑了摄影机运动，那么画面的视觉性将会得到质的提升。

摄影机运动

跟演员的运动一样，摄影机的运动也需要动机。这取决于是主动运动还是被动运动。被动运动是指拍摄对象的动机，摄影机跟随运动中的演员或其他拍摄对象的运动而运动，或者为了适应不断变化的构图而进行调整，以保证拍摄对象一直处于镜头内。主动运动是摄影机主动寻找动机，摄影机被拟人化，仿佛要去积极寻找或调查推测。

无论你是否电影专业的学生，肯定都看过很多影视作品。那么，请先停下阅读，思考一下这两个问题：

1. 摄影机有哪些运动方式？

2. 其中哪些是定点运动（摄影机不发生位移的运动）？

为了回答这两个问题，我们先将摄影机的运动分为定点运动和发生位移的运动这两种方式进行讨论。

定点运动

● 水平摇（Pan）

摄影机左右摇，是水平运动。这是模拟人眼的运动，从左看到右，或是从右看到左。可用于"看"一片风景（沙漠、海洋）或是一座桥。

需要注意，若加速镜头运动，视觉信息含量越低，模糊程度就越高。尤其是疾速摇摄时，可用于场景的切换。比如电影《僵尸肖恩》里大量使用快速摇镜头来进行场景转换。

若进行360度的水平运动，那就是环形摇摄。在米开朗基罗·安东尼奥尼的影片《某种爱的记录》中，有一场长镜头的戏，就是用360度的摇镜头完成了一整场戏。

● 俯仰摇（Tilt）

摄影机上下摇，是垂直运动。可模仿人物向上或向下看的眼睛运动，可用于观察垂直物体，比如一棵树或一栋摩天大楼。

如果将俯仰摇从水平开始运动180度，最后整个画面就会颠倒过来。比如追逐场面就可以发挥俯仰镜头这一特点。在影片《士兵之歌》中，人和坦克像是违反地心引力一样而附着于地面，向着颠倒的地平线远去。

● 变焦（Zoom）

变焦是依靠一个能从广角转变为长焦，或者能从长焦转为广角的透镜而实现的。通过变焦，在一个镜头内实现两种景别的切换，而不用通过分别拍两个镜头来实现，这样更为经济和更有效率。比如库布里克的影片《巴里·林登》，他想放慢我们对于时间流逝的感觉，可这是一部由 20 世纪的导演所拍摄的 18 世纪的故事，如何能做到呢？库布里克意识到，通过变焦来降低影片的速度，有助于延缓观影体验，会把观众送到 18 世纪的情境中。而与《巴里·林登》相反，昆丁的变焦镜头却加快了速度，直接推到人物特写或物体特写，这已成为他导演风格的一个代表性镜头。

在之前的章节里曾提到过，越有效果的技法用起来要越谨慎。由于变焦的效果十分强烈，作为创作者一定要提醒自己，变焦作为一种摄影机运动也需要动机，要靠内容推动，而不是靠人为的强化。变焦的速度很关键。启动和停顿的速度要取决于故事情境，取决于观众如何体验。快速的启动和停顿会显得相当突兀，使人不安，但若这正是你所追求的效果，也可以大胆使用。因为一切手段和技术都是为叙事服务的。

变焦也可以与摇摄结合使用。比如在影片《放大》中，安东尼奥尼就使用这种效果模拟主人公的主观视点来检查两张照片。摄影机先对着第一张照片拍了一下，然后摇到另一边拍第二张照片，焦距变成近景保持不动，然后回到原来的第一张照片，将焦距调近，停在更近的景别上。当摄影机再次摇到第二张照片时，焦距调成大特写并结束该镜头。

以上三种摄影机运动被称为定点运动，因为摄影机本身并不发生位移。接下来的几种都是摄影机发生位移的运动方式。

摄影机发生位移

● 手持摄影（Handheld）

究竟是用架在三脚架上的摄影机稳定地来呈现运动，还是用手持摄影机来表现明显的动感呢？如果需要稳定感，架在三脚架上的摄影机肯定更受偏爱。如果即时性与在场感不可或缺时，那么应该借助手持摄影机从轻微到中度的抖动，以提供身临其境的观看效果。比如，手持摄影机拍摄炸弹爆炸镜头，会捕捉到摄影机在拍摄爆炸时突然出现颤抖，这有利于拉近观众与动作的距离。在《罗生门》之后，很多摄影师都开始"抱着"摄影机在树林里边跑边拍。这种镜头普遍用来表现奔跑和慌乱中人物的主观感觉。

● 斯坦尼康（Steadicam）

斯坦尼康（即摄影机稳定器）是为了使手持摄影的镜头更平稳而发明的，最早在 20 世纪 70 年代开始应用于影片拍摄。斯科塞斯在影片《好家伙》中对于斯坦尼康的使用使它名声大噪，斯坦尼康将观众带入一家热闹非凡的名为"科巴卡巴纳"的俱乐部中。在一个长达 5 分钟的镜头里，观众目送雷·利奥塔带着女伴（身着迷人的黑色礼服裙，露背设计应该是服装师专门为这个镜头挑选的）从俱乐部后门沿楼梯下来一路到厨房，中间还跟保安开玩笑、发小费，再穿过繁忙的厨房，走到酒吧区，最后停下来跟朋友打招呼。斯坦尼康运镜的娴熟更凸显了人物的优雅和浪漫，成为这部电影中最吸引人的镜头之一。在 2019 年的热门影片《爱尔兰人》中，斯科塞斯又一次给我们显示了斯坦尼康的魅力。开篇的长镜头不紧不慢地将主人公介绍给观众，之后又用一个优雅的斯坦尼康运镜带我们跟随杀手去行凶，却用镜头巧妙地带观众避开行凶现场，把镜头停留在玻璃橱窗的大簇鲜花之前，用枪声和尖叫声来展示情节。

● 推轨镜头（Dolly）

推轨镜头是为了跟踪一个角色或者探索空间而设计的，它可以是个跟拍人物的简单镜头，也可以是个复杂的长镜头。摄影机在拍摄时向角色靠近或远离，以此来塑造我们对角色的认同。

设计推轨镜头时要考虑两个因素：首先是运动镜头与动作范围之间的关系；其次是被摄主体与摄影机之间的距离。不论摄影机是在动作范围之内或之外，主体与摄影机的距离都可以增加、减少或者维持不变。

摄影机的跟拍速度大部分时候取决于拍摄对象的速度，如果摄影机用推拉镜头拍摄一群静止的人物，那么摄影机采取的速度实际上就是对这场戏做出的评价（摄影机视点）。

采用慢速推移拍摄，可以造成一种悄悄向演员靠拢的亲密情绪。不管这个演员是说着话，还是保持沉默，摄影机若缓慢而稳定地朝他推进，观众都能够更充分地接近他。他的问题就成为观众的问题，我们对他的共情便会自然地流露出来。缓慢的后拉移动，能够突出一种悲伤或孤独的感情。这种镜头会自然地隔绝开处于静态的演员和观众。

请读者再次停止阅读，思考下面四个问题：

1. 摄影机在什么时候移动？

2. 摄影机为什么要移动？

3. 摄影机应该以什么样的速度运动？

4. 摄影机的运动会给观众带来什么感觉？

一般来讲，在想象故事时，你的脑海里已经形成了一些关于镜头运动的想法。这时，不妨列一张单子，把你想象的镜头列出来，标明你想强调的元素。如果你同时还是这部短片的导演，那么在剧本写作阶段甚至可以画出推轨镜头的设计图，可以在摄影机运动的路径旁写上镜头里希望强调的关键时刻，它可以激发你创作出重要的对白，以及演员特别的走位。

● 升降镜头（Crane）

升降镜头可以说是所有摄影机运动中最不自然的运动方式，它缺少生活经验。因为，我们很少会从一种高耸的升降运动中去看事物。

但也正因此，升降镜头具有一种威严感，在一个段落的开头使用升降镜头，不但强调了现场感，同时也交代了一个地点的地理环境。由一个升降镜头介绍一个场景，就好像童话故事的开头"很久很久以前"，可以把我们的注意力引导到特定的对象上。

比如希区柯克导演的影片《美人计》里，有一场宴会的开头，为了强调一把钥匙在故事里所代表的心理张力，使用升降镜头从旋转楼梯的顶端一直降到女主角手里攥着钥匙的特写，以此来凸显这把钥匙的重要性。

变焦和移动的基本区别（请读者先思考再阅读）

移动镜头中，场景的透视变了，前景影像比后景影像变大得更快；而在变焦镜头中，场景的所有部分都是等量放大的。当焦距变到长焦时，画面的纵深被压

"扁平"了，后景显得向前靠近了前景。

希区柯克在影片《迷魂记》（*Vertigo*）里将变焦和移动摄影结合，所以这种镜头被称为"Vertigo Shot"。《大白鲨》对于这种镜头的应用也非常著名。在库布里克导演的《光荣之路》里，摄影机在运动或摇摄时变化焦距，给人一种通行无阻的幻觉。移动和摇摄掩饰了变焦距的动作。如果变焦距慢到一定程度，甚至可以使它几乎察觉不出来。如果摄影机运动方向和变焦方向相反，这种结合可以造成惊人的视觉效果。如果摄影机往后拉，而变焦往前调，特别是在狭长的走廊中，距离和拍摄对象的大小变化就会出现特殊的畸变。2019年，因"一镜到底"而出名的《1917》不得不说是对《光荣之路》的致敬。

镜头设计的顺序

首先要按这场戏的剧作目的来设计表演动作，一旦表演动作和走位确定下来，再设计摄影机的运动。而不是为了使用摇臂，让表演来适应摇臂镜头。升降镜头常用于拍摄简单或缓慢的运动，最常见的用法是跟随演员从一个高度到另一个高度的上下活动。

运动镜头彻底改变了（戏剧）观众视点固定的状态，观众可以用运动着的视点观察运动中的生活。发生位移的摄影机运动意味着要在拍摄日程上增加许多成本，要准备昂贵的摄影车、摄影轨道，还要组织聘请一支经验丰富的团队来操作它们。

长镜头还是短镜头的选择

所谓"一镜到底"，其实无论是《鸟人》还是《1917》，都是用了镜头前的小技法和电脑技术的结合。"一镜到底"最早可以追溯到希区柯克的《夺魂索》，这部影片的每本胶片只有一个镜头，它表现的是在同一个环境里一小时之内发生的故事，完全依靠场面调度来设计镜头。一卷胶片拍完时，演员（甚至导演自己）走到摄影机或布景某处用身体挡住镜头，就等于关机，然后换一个摄影机或换一卷胶片，继续拍下去。他用这种方法"一气呵成"地拍了1小时20分钟。在这种拍摄模式中，人物走向摄影机提供了近景镜头，远离摄影机就是全景镜头。

为了避免平淡、舞台化效果，长镜头需要采用灵活的摄影机运动和复杂的演员调度。长镜头与简短镜头不同，它没办法在后期剪辑时调节节奏或挽救糟糕的表演，也没办法剪掉摄影机在拍摄时出现的问题。所以，对于长镜头来说，组织经验丰富的演员和技艺高超的摄影组人员就显得非常必要。在短镜头作品中，诸多镜头被剪辑到一起从而制造出节奏和张力。但另一方面，若长镜头用好的话，更能提升电影化质感。

摄影机的视角（编剧的模拟）

在写某场戏之前，编剧应该大致考虑一下分镜头剧本会是怎样的。一旦某个角色的动作定了下来，接下来的一个决定就是摄影机应该摆放在哪儿。摄影机就像是观众的眼睛，强有力地展示出镜头中应该关注的是谁。正如电影评论家安德鲁·萨瑞斯幽默地描述，如果小红帽的故事是以狼为特写镜头，以小红帽为远景镜头叙述的，那么导演主要关心的是狼是否下决心吃掉小女孩的问题。如果这个故事是以小红帽为特写镜头，以狼为远景镜头，那么重点就转移到了这个邪恶世界中还保有多少纯洁的问题。因此，用同样的原始素材可以讲述两个完全不同的故事。

当你设计一场戏的镜头时，思考一下机器的摆放位置可能会帮助你更准确地传达故事的想法和情感。在写剧本时，可以问自己一些问题，比如"这是属于谁的镜头？是谁的需求或目的在推动着活动的进行或结果的产生？观众是否应该关注某个特定角色的视角？叙事者的视角是什么？"

利用画面深度设计镜头

借用平面艺术的术语，我们把动作区间分成三个部分：紧邻镜头前方的近景，稍远一点的中景，以及距现场最远的后景。通常情况下，主体大多会出现在中景，比如中景是一个囚犯，前景是铁栅栏，后景是牢房里的同屋囚犯。前后景关系的构图，对于创造画面深度来说是至关重要的。

如果编剧懂得利用前后景关系来探索画面叙事，就可以视觉化的来讲故事。比如某个角色情绪低落、饥肠辘辘，那么展示她在公交车站被一个巨大的麦当劳叔叔盯着看，这样的构图就是一个善意的讽刺，不仅会突显这位演员的窘境，也暗示她可能会把坐公交车的钱用来买一大包薯条。再比如描写一个要赶飞机却睡过头的人，如果把他和背景上的钟表放在一个构图里，比费劲地去做钟表和人之间的交叉剪辑会更有效果。

▼ 光

光是电影这门艺术赖以存在的基本媒介和主要工具。如果失去光的因素，就无电影可言，这既是指从前电影胶片感光与影片放映都依赖光的物理现象，也是指电影语言及其改进都脱离不了对光的探索。

在剧作阶段，光似乎对剧本并没有直接影响。但对于光的认识，可以使我们对电影视觉语言的思考更为全面。比如《寄生虫》的导演奉俊昊认为，光的设计，甚至反映出贫富差距这个议题：你越穷，你能接收到的光线就越少；相对的，你越富有，能沐浴的阳光就越多。如同《雪国列车》一样，后几节车厢几乎没有窗户，一天当中仅仅有不到 30 分钟的时间可以看到窗外的世界，因此在《寄生虫》（图 11-12）中，所有户外搭建的场景上，他们几乎都用了自然光。

因此，我们可以运用各种照明手段进行银幕造型，实现创作意图。光在电影制作中有以下几种功能：

图 11-12 《寄生虫》电影剧照

塑造鲜明的银幕形象，细致地揭示人物的内心世界

光线对于塑造人物的外部形象和内心活动，有着不可忽视的作用。电影用光的方法形成了主光、辅光、背景光、轮廓光、装饰光等系统的技术手段，并通过有机结合等处理，实现各种创作意图。上述这些光线又同平光、前侧光、侧光、侧逆光、逆光等不同照明方向联系起来，做进一步的灵活应用。《城南旧事》用光的手段塑造了小英子从六岁到九岁的微妙变化。影片前半部，光线着力塑造幼童圆形的脸，强调她的稚气和天真。后半部则通过照明手段，突出她消瘦、修长的特点，使观众在不知不觉中感受到岁月的痕迹、孩子的成长。在《现代启示录》中，科波拉把库尔茨上校长时间置于阴影中，使观众看不见他的脸。之后再逐渐地显露出他光秃的头顶，以及阴暗之中若隐若现的绝望又明澈的眼睛。当库尔茨拿着诗集在庙宇的墙角下朗读、思索时，橙红的辅助光则恰如其分地刻画出处于逆光中的马龙·白兰度的形象，传达出一种庄重的哲理气息和浓厚的神秘主义色彩。

光也可以用于对人物内心世界的表现。在影片《朱莉亚》中，简·方达分寸适度的表演，当然是刻画人物心理的主要决定性因素。同时也要注意，从莉莲·海尔曼上火车，在站台上摔了一跤（是她过于紧张、内心恐惧的表现），然后登上徐徐启动的火车那一刻起，直至她到柏林走进车站广场小饭店里这一整段在火车上的心理活动描写，一刻也没有离开过光线的作用。虽然软席车厢空间狭小，但动荡的光线变化和颠簸的行车节奏，使莉莲紧张、忐忑的心理得到了高度戏剧性的描写——时而迎面出现亮着强光擦肩而过的火车，时而是列车冲过大桥时窗外一闪一闪的桥上灯光。光影和灯光在莉莲脸上出现时隐时现的变化，还有几次切入的火车在黑暗原野上奔驰的全景，这些视觉因素和车声、汽笛声浑然一体的声音效果，把莉莲带着特别使命的惊恐、怀疑、坐立不安的心理渲染到极致。这无疑是高度戏剧性的心理刻画，但在具体运用光线手段时，却严格把握光源的合理性，以及光线的角度和强弱、色光的冷暖分寸。

运用光线区分剧情的时间，强化环境的气氛和意境

时间的区分在电影中显得分外重要，也能够表现得十分明确。将日、夜、朝、暮（当然还有季节和气候）进行准确的再现，这是电影艺术一个宝贵的特

点。遵循不同季节、不同气候、不同时间的光线变化，形成各自不同的照明方法。例如，利用夏季阳光明亮或雪景的强烈对比，强调季节光照的特点；借助秋色的晦暗或雨、雪、雾天的朦胧，运用照明手段相应地柔和的光线形成特殊的灰调。在谙熟自然光规律的基础上，运用照明手段去表现上午、正午或下午具体时间的光照特点，特别是表现拂晓曙色、日暮夕阳乃至黄昏夜景，都是创造脍炙人口的视觉篇章的好机会（当然，这也是考验摄影师的时刻）。

在环境照明中，可分为外景照明和内景照明。在外景中，无论拍摄户外自然环境或实景，主要是在借助阳光或天光的照明下，加以必要的辅助光来表现晴天或阴天、顺光或逆光条件下的各种环境特点。内景照明则是在摄影棚内完全使用人工光对布景实施灯光照明。2018年上映的韩国影片《燃烧》中，在一个镜头内捕捉到太阳落下时天光发生的变化，与演员的表演相配合，显得自然流畅、优美动人。

运用光影结构画面，加强运动

在造型艺术的不同门类中，形成画面结构因素的，可以是线条（比如中国画、黑白装饰画、铜版画等），可以是黑白色快（版画），也可以是彩色色块（装饰画、壁画、图案等）。但对影像艺术来说，光影是构成画面的基本因素。以照片而言，至少可以分为高调、中间调子、低调这三类不同的调子。但无论哪类画面中都有色度不同的物象，以黑、白、灰的色阶组成，不过所占面积大小不等，画面结构也随之相异。构成每一个电影画面的影调元素，从性质上来说是和照片相同的，但电影是活动影像，因此光影作为一种结构因素，也始终处于活动状态。这就使色调成为电影画面中一种活跃的形式因素和生动的构成手段。

总的来说，所谓用摄影思维来创作剧本，不是指要在剧本中标明每个镜头的设计，而是要将观众的视点（机位）带入叙事，在讲故事时将观众的感受纳入设计之中。要考虑让观众如何感受，观看到哪些事物，以何种方式观看。这些问题有助于你分析故事及其人物设置，同时以与传统剧作不同的视角去看待问题，迸发出更多的创作灵感。

第四节　运用美术思维创作剧本

▼ 美术思维与剧作思维

学生在短片创作中，最不重视的环节便是美术。我常怀疑这是否与我们的课程设置体系有关，无论是专业影视类学校还是综合大学，在影视制作、编导等专业课程设置中，鲜有关于美术设计方面的课程。但无论如何，在一部视觉化作品的创作中，美术设计一定是享有重要地位的。

尤其是在拍摄资金有限的前提下，很多昂贵的镜头设计都无法实现，而通过美术设计，无论是空间选择还是人物造型，都会大幅提升影片的视觉质感。

所以在剧作阶段，我鼓励大家尝试运用美术设计的思维，在剧本中增强对于空间感和造型感的营造，不失为一种更经济、有效的手段。

下面我们从美术设计的基础知识入手，探索哪些方面可以为剧作添砖加瓦。

▼ 美术设计

美术设计涵盖了很多方面，包括所有角色的造型、布景、道具以及配色方案的整体构想。美术设计奠定了一部片子的情绪，它能够在视觉上充分表现出角色的性格、角色的处境以及整部影片的主题气氛。

美术部门的统帅是美术指导（Production Designer）。这个职位起源于默片时代，当时的电影深受戏剧剧场的影响。因此，那时的美术指导，基本相当于场景设计师。而早期的布景，仅仅是做背景幕布的绘制以及组合一些简单道具。Production designer 这个词的出现，是在 1939 年《乱世佳人》一片获得奥斯卡奖时新创的奖项，之前这个奖项叫作 Art Direction（艺术指导）。

虽然美术指导的职责因不同的影片而有些微差异，但美术指导比艺术指导负责的更为全面。除了为全片的布景、道具和服装设计整体风格之外，美术指导也密切参与分镜头和各种电影元素的设计。比如威廉·卡梅伦·孟席斯①对《乱世佳人》的贡献就是一个很好的例子。他为此片绘制了成千上万幅精致的分镜头草图，把每个镜头的取景、场景布置和剪辑点都清晰地呈现出来。自此，美术指导的地位也被提升到制作团队中的核心地位。

在有美术指导这个称谓之前，他们也被叫作美工师。比如冯小刚导演，就是从北京电视艺术中心的美工师一步步做到了导演。鲜为人知的是，希区柯克导演也是美工师出身，这也就解释了为什么他的故事板都画的非常精致。他的名言"在电影开拍之前，电影就已经完成了"，也说明了他的美术背景使他对于故事板的看重。

为什么最早的故事板是由美术指导来负责的呢？苏联导演尤特凯维奇曾这样定义："电影美工师最基本和最首要的任务就是组织空间。"组织真实的空间，运用对比关系表现规模，广泛利用材料的表面结构（质感），这些都是电影美术的基本造型手段。

美术设计主要分为空间造型设计（选景、置景、布景）和人物造型设计（服装、化妆、道具）两个方面。由于本书主要探讨短片剧本创作，因此，本章对于美术设计的实践方面不做具体分析，而是着重讨论如何将美术思维运用于剧本创作的层面。但读者要注意，在美术设计的拍摄实践中，它与摄影、声音部门合作时，有大量需要避免的"雷区"以及注意事项。只是这超出了本书的讨论范畴，但在创作实践时还是要引起足够的重视。

▼ 空间造型设计

选 景

由于加工实景作为学生拍摄短片作业时的最佳方案，因此对于学生们来说，选景就成为美术环节中最重要的工作。选景时，不光要考虑故事情节，还要善于发现许多造型本身能说话的东西。反过来想，若在思考故事情节时，就将选景因

---

① 威廉·卡梅伦·孟席斯（William Cameron Menzies，1896—1957）曾获第 12 届奥斯卡终身成就奖。

素考虑进去，或许会发现更多的可以推进情节发展的场景，甚至更富有创造力。

其实，除了学生作业，专业拍摄对于实景的应用也是很多的。由于实景的具体性，其真实的规模及其空间感，以及街道和建筑的岁月感，往往是布景不能代替的，所以，加工实景是创造电影环境的一个重要手段。改建实景，设置前景，添减道具，铺排纵深，成为美术指导创造特定的电影环境的常用手段。

在剧作阶段，用画面代替对话，是实现视觉化剧本的一个重要方式。挖掘造型因素来组织画面，不仅能省略不必要的对话，还能给人一种如同在生活中感受一件具体事物时常有的那种综合感受。视觉形象已经表现了的，绝不应该再用对话说一遍。生活中有很多事情用言语是说不清楚的，相反，用造型手段反倒更能让人意会。

置 景

什么是置景呢？通过美术师的案头设计，装置部门的施工搭建，创造出符合剧情要求的布景。搭建的布景分为外景和内景。

比较常见的是在内景中搭制布景。如果布景的质感、岁月感、逼真性等因素都得到较好的解决，那么搭制的内景由于环境集中、照明方便、景片装卸灵活，以及场面调度和机位布置的自由，会给拍摄工作带来便利条件。

置景时要注意，要创造气氛为人物性格服务；人物所处的环境要揭示出人物的状态。还要将故事情节与空间环境相结合，比如利用空间的建筑、陈设，从侧面深入揭示人物的状态。在很多影片中，对于镜子的运用就是这个道理。

编剧应该思考，人物的动作可能发生在一种怎样的环境中，如何使环境造型本身具备力量，以促使他做出这个动作，并使这个动作具有更深层的含义。

布 景

布景是用特定的陈设和近十年流行起来的"软装"来布置一个拍摄场景。比如影片《盗梦空间》开场时的日本建筑里的灯笼天花板，以及《寄生虫》里富人居住的房子。

《寄生虫》（图11-13、图11-14）里，富人所住房子的设计是一个很好的例子。一开始，奉俊昊导演就给美术指导李河俊明确指出，他需要一个让演员和摄影机可以自由移动的房子。奉俊昊还给美术指导画了一个他脑海中的平面图。这

图 11-13 电影《寄生虫》剧照之一，富人家的别墅

图 11-14 电影《寄生虫》剧照之二，穷人家的地下室

个平面图变成了这个房子的蓝图。于是，李河俊请了一个建筑师朋友来将这个蓝图给设计出来。建筑师一开始看到这个设计图时，感叹这根本不是一个可以住人的房子！"但我也得把它按照导演的设计建造出来……"美术指导在纽约林肯中心接受采访时说。美术指导还说："我查过很多不同的资料，但我愿意去设计一个我想住的房子。所以我很享受设计那个富人房子的过程。穷人的地下室是按照我上大学时跟朋友合租的房子设计的。半地下室在韩国是一个常见的居住环境。我们不想要'电影感'的居住环境，我们想要真实的环境。所以，我之前在半地下室居住过的经历对我布景很有利。"穷人的地下室是用水箱建造的。由于穷人的街区是一个老旧的街区，李河俊还发动美术部门去寻找很多以前描绘真实老街区的老画，把它们用作布景放在摄影棚里。这个过程让穷人的家显得既真实又破败。

《盗梦空间》（图 11-15）开场时那座海边的日本建筑，在剧本中本来是一座苏格兰古堡。美术指导盖·亨德里克斯·戴斯阅读剧本后向诺兰建议，由于两个主角都是建筑师，影片里的设计应该更特别、更具日本味一些。诺兰觉得这个主意好极了，于是采纳了这个意见。美术设计师由于之前在日本待过几年，他看到很多寺院都挂着灯笼，询问后得知，这些灯笼是为了纪念死去的僧人。于是，他

图 11-15　电影《盗梦空间》剧照

设计了挂满灯笼的天花板来表达梦境。值得一提的是，在这场戏里，墙脚的金边是用一系列小灯打出来的。如果美术指导没有提前设计这一点，一个好的摄影指导在现场也会提出要打亮这个墙边，那么现场的工作量就会大幅增加。但如果美术指导或摄影指导都没想到这一点的话，这个梦幻的金边效果观众就看不到了，这场戏的视觉效果也就打了折扣。

盖·亨德里克斯·戴斯也担任《史蒂夫·乔布斯》（图 11-16）一片的美术指导。"剧院里一排排座椅，仿佛是电脑键盘。"这是他在勘景时发出的一句感叹，导演丹尼·鲍伊尔立即从中触发了灵感，决定用剧院里一排排座椅作为布景。

剧院后台绿色、蓝色相间的墙面，是从大量的资料调研里得来的。在美国，20世纪 80 年代的墙面大多使用这种绿蓝相间的线条。同时也符合影片画面的冷色

图 11-16　电影《史蒂夫·乔布斯》剧照

调，人物穿的衣服也是冷色调。墙上挂的海报也是真正的"苹果"广告。

因为整个剧本是由一群人的对话构成的，如果视觉上也很呆板的话，整个戏就会很无聊。如同奉俊昊对于富人房子的想法，丹尼·鲍伊尔也要求美术部门提供一个能让演员的表演持续流动的空间。于是，盖·亨德里克斯·戴斯设计出了影片中的后台空间。

以上这些案例都是对于空间造型设计的思考，不难发现，空间造型对于影片在视觉和叙事上同时具有双重推动力量。

▼ 人物造型设计

影片人物形象的最后体现，是由演员来完成的。在演员进行表演创作的基础上，人物造型能够帮助演员进入角色，更有质感地体现剧作的文学内容、戏剧情节，完成人物命运以及人物性格的塑造。落笔创作之前，我们务必要对真实生活中的人物造型做研究。比如，你的人物是赌徒，那么最好的方法就是去赌场看看他们的造型是什么。

服 装

要考虑在不同的时间，每个角色所表现出的个性和心情，他们的服装怎样与其他角色形成对比，如何穿出符合角色性格的"这个人"。不仅要考虑色彩和衣服款式的设计，还要考虑到服装与环境的总体协调。

通常，对于人物服装的设计分为类比式和反衬式。类比式运用就是一个纯洁的人物经常穿白色或素净的衣服，而从纯洁走向堕落的人，衣服会从素净走向花哨。反衬式的运用，比如，当导演不愿损害一个不幸误入歧途的女孩形象时，也特意让她穿上圣洁的白衣裙，以衬托她内心尚存的那一点纯洁。

影片《安妮·霍尔》里，安妮穿的衬衣马甲和礼帽的中性造型标新立异，成为被人反复提起的经典案例。这个案例可以引发我们思考，应该如何通过服装去塑造人物形象？如同什么样的人说出什么样的话，什么样的人也会有什么样的着装风格。服装可以显著地表达一个人的态度、风格以及对自己、对社会的关心程度。

图 11-17　电影《夜宴》剧照

影片《夜宴》（图 11-17）中，美术指导叶锦添采用了中西合璧的造型美学元素，其中百分之六十来自中国唐朝服饰，百分之四十来自欧洲古典油画。章子怡和周迅同场飙戏，却丝毫未抢对方风头。她们一个是妖冶的皇后，浑身服饰都是饱满欲滴的红色；一个是天真无邪的大臣之女，从头到脚的服饰都是白色，显得纯洁无瑕。

化妆与发型

与服装一样，化妆和发型也是塑造人物造型的一个重要方面。

比如叶锦添在影片《赤壁》美术设计的探索中走写实风格，在布景、造型上均体现出肃穆严谨的历史感。赵薇扮演的孙尚香造型古典而妩媚，她穿着棉麻长衫，搭配披风和简单盘发，颇有汉室女子的风情，而利落的装束又显得聪明干练，坚强而独特。在《赤壁》之前，林志玲的大众形象可以说是一个说着娃娃音的模特。叶锦添让她放下头发，一身素衣，让观众看到了她身上的娴静之美。这一盘发、一披发，立即凸显了两个人物的不同风格。

道　具

通过道具的设计来帮助塑造人物，也是我们通过美术思维补充剧本创作的其中一方面。

还是拿《赤壁》举例，由于林志玲当时初当演员还不太会演戏，叶锦添特意给她设计了茶艺的道具，让她能有很多动作去发挥，使表演更加自然。道具可以帮助人物表演，林志玲扮演的小乔因为这套茶具，更增添了柔媚与浪漫，使人物形象更立体。

▼ 美术设计总原则

美术指导、摄影师和导演的密切合作是很重要的。在好莱坞，历来有电影"三位一体"的说法，即导演、摄影指导、美术指导是电影公认的三个核心主创。他们常常紧密合作，若三缺一或哪一部分掉链子都可能造成电影"血崩"。

比如在影片《美国丽人》中，导演门德斯曾经有过戏剧舞台的工作背景，他非常重视美术设计。影片里，他将中产阶级生活的方方面面都通过冷冰冰的美术设计贴切地还原出来。服饰、汽车、工具、房子等，都是人物向周围人或者向自己展示价值观和成就的符号。视觉设计是这部影片的中心，赤裸裸的安吉拉（Angela）在玫瑰花瓣中旋转，象征着莱斯特（Lester）的需求和欲望。此外，这种极富视觉形象又具有寓意的美国玫瑰（American Rose）在很多场景都出现过。红色的大门，卡罗尔（Carol）身上印花的毛衣，都符合影片的色彩和视觉总谱设计。门德斯让美术团队选用明亮、不协调的颜色，这是典型的美国中产阶级家庭的特征。

美术设计的中心任务是创造鲜明、有力的典型环境，为人物性格和人物命运的展示提供必不可少的依据。在吃透了人物性格，准确地把握人物关系之后，美术指导就有了主动权，想象力会自由驰骋，就会创造性地去处理空间，取舍道具，创作出具有典型性的环境。

环境的逼真感，是由物质材料的逼真、光与色的逼真以及环境声音的逼真所组成。导演即使有好的想法，但置景、道具、服装、灯光、录音等部门若有不同程度的打折，最终的逼真感也实现不了。环境的逼真和岁月感（包括道具、服装的质感）、年代感是分不开的。

环境的节奏感可以理解为环境形象的节奏，比如由建筑或街道的大小、宽窄、高低对比所形成的节奏，还包括建筑物内外，以及道具、装饰的线条和色彩对比所形成的节奏等，比如高低不同的台阶、形状不同的楼梯可以为演员的动作提供丰富的变化，长廊或宽敞的空地这两种截然不同的平面形状和立面建筑线条也会呈现出鲜明的对比，以上这些因素都会影响演员的调度和动作的节奏。

不同的情绪、心境和气氛，会对客观环境的色调、影调产生不同的感觉。并非所有的黄昏都是"黄"的，白天都是"亮"的。通读剧本，找出它的情绪，通过色彩为影片创造节奏，使它与故事和人物的情绪保持一致。如果可以的话，让内景与外景、日景与夜景交替出现，创造出一种类似呼吸的节奏感。

▼ 短片中的美术设计小窍门

我们在拍摄资金有限的前提下，不妨把一些无法达到的镜头设计换成一些可达成的美术设计，这是拍摄短片时采用的一种更经济、有效的手段。务必要记住，选景至关重要，富有造型感的空间可大幅提升影片的视觉质感。

场地选好之后，先打扫清理一下，把不相关的家具都拿走。空旷的场地更有利于布景设计以及镜头运动。道具可租可借，不一定什么都要买。有的甚至可以自己动手制作。

离墙远些！实在无法与墙保持距离，就把墙刷上有颜色的漆，或贴上墙纸，至少挂一些装饰画。想一想影片《猜火车》里的火车墙纸和《乔布斯》影片中墙面的绿蓝线条。

尽量使用实际光源，比如道具灯。《巴里·林登》里的蜡烛是一个很好的例子，既符合叙事情境，又很好地渲染了氛围。

美术设计思考问题清单

- 电影的主题是什么？
- 这场戏的整体情绪是令人振奋还是让人忧郁，抑或梦幻的？
- 每个段落应该布置怎样的拍摄场地（用照片帮助讨论）？
- 布景里应该安排哪些道具？布景是空的，还是充盈的？
- 角色在所处环境里应该使用哪些物品？
- 在布景里出现的东西，是否有意与整体氛围不合拍？
- 每个角色应该穿什么样的衣服？服装能告诉观众哪些信息？
- 人物服装在每一场戏中都是怎样变化的？
- 采用什么色调（色调冷/暖）和颜色变化能推动影片的发展？

第十二章
剧作与技术

12

第一节　技术革新与早期剧本

▼ 技术革新对剧本创作的影响

　　剧本创作实践总是会受到技术变革的影响。近年来，在主流电影产业中，编剧扮演双重角色的趋势越来越明显；与此同时，其他从业者也纷纷担任起编剧。在《谍影重重5》中，导演保罗·格林格拉斯与他一直合作的剪辑师克里斯朵夫·劳斯合作撰写剧本，并且劳斯还继续履行他作为电影剪辑的职责。本·惠特利的电影也采用了类似的开发方法，编剧艾米·贾普同时兼任《腐国恶土》《摩天大楼》和《走火交易》等影片的剪辑。《星球大战外传：侠盗一号》编剧的署名给了托尼·吉尔罗伊和克里斯·韦茨，但把故事创作的署名给了约翰·诺尔。诺尔是《星球大战：原力觉醒》的联合美术指导，也是这部电影的视效总监。视效总监或美术指导担任编剧一职很少见，但考虑到这些从业者在好莱坞大片（比如《星球大战》系列这种）中所担任的重要职位，可以说他们在故事的开发中是占有一席之地的。当然，这样的分工在于电影行业内也显得很夸张。但在一定程度上，这归功于行业的技术进步，比如现成的后期制作工具和摄影设备。

　　电影在向数字领域的迁移中，许多部门都从中受益，包括编剧领域。在《数字时代的剧本创作》[①] 一书中，凯瑟琳·米勒德将剧本与其他形式的视觉叙事进行比较，她表明剧作实践已经进入一个新的时代，大量可获取的媒体资源提供了从剧本到屏幕的新的创作方法，不再受旧传统的束缚。她将剧本创作描述为一种多模式的技术，她认为不断变化的创作手法展示了编剧在逐渐采取新的、非传统的创作方法。

　　除了凯瑟琳·米勒德之外，对"另类"剧本写作的研究本身也已成为一个被广泛接受的研究领域。剧作学逐渐变成一个独立的研究领域，而不仅仅是传统电影研究的一个分支。这种学术界和工业界在文化之间的桥梁可以在奥斯卡的尼克

---

① 原书名为《Screenwriting in a Digital Era》，凯瑟琳·米勒德（Kathryn Millard）著，2014，London: Palgrave Macmillan.

尔编剧奖学金网站的推荐阅读中看到，该网站提供了大量的编剧指导手册以及一些重要的学术文本。这表明了学术研究对剧作的价值和贡献，已经被剧作领域的最高奖项所认可。

实际上，编剧一直受到电影行业不断变化的制作趋势和模式的影响。制作技术的发展是直接与剧本的形式化和标准化联系在一起的，在传统的多部门制作系统中，剧本有各种"规则"和惯例。技术发展的演变正在持续塑造和修订剧本的标准。在新媒体时代，通过研究编剧可以使用的不同方法和手段，同时探索这些新方法为电影创作者提供的多种发展途径，可以为编剧提供一种新的媒介，并为电影人提供更多的机会来开发和改写他们的剧本，而不再被昂贵的电影制作所限制。

▼ 早期电影史的剧本创作实践

在探索剧本创作这门技艺的演变过程时，如同报纸上的文章依赖于印刷机，电影剧本也离不开电影制作实践。为了帮助我们更好地理解剧本的形式，探讨当时的技术进步对于剧本成型的影响是很有用的。然而，正如剧作学者和电影史学者提醒我们的那样，试图重温最早的电影制作这种调查很难进行，因为大部分早期的电影剧本都已经丢失了。或许我们可以从"剧本"一词的词源入手。"剧本"（screenplay）的早期衍生词是"屏幕戏"（screen play），这很像它的早期对应词"影戏"（photoplay），或许更能表达出电影作为视觉表演的属性。

电影史学家汤姆·甘宁（Tom Gunning）用"吸引力电影"（Cinema of Attractions）这个词来描述 19 世纪末、20 世纪初的电影：指不是建立在叙述上而是建立在观看上的电影。这个时期电影的吸引力主要是技术性的，由托马斯·爱迪生（Thomas Edison）等技术先驱掌舵。摄影机是吸引新电影人的主要因素，叙事结构的地位被置于新的创作工具之后。在"摄影师中心系统"这个时期，剧本还没有形成固定格式，电影人既是编剧、导演，也是摄影师，每个电影制作人都采用自己喜欢的写作方法。最早的编剧正是从这种丰富的媒介文化中脱颖而出的，他们将自己在平面艺术和其他媒介中的许多专业知识带入了蓬勃发展的电影中来。

英国学者史蒂文·普莱斯有一本著作《剧本史》[1]，他在书中提到了剧本创作起源的"偶然性"，即"不知道会被创作成电影的舞台剧和报纸文章"，但这在早期电影的创作中发挥了关键作用。电影人在银幕叙事的构建过程中明确借鉴其他媒介的最早案例是在 1897 年，西格蒙德·卢宾[2]再现了科贝特-菲茨西蒙斯的重量级拳击冠军争夺战，他将其拍成影片《科贝特—菲茨西蒙斯冠军争夺战》[3]，是由"导演"朗读报纸上的文章来提示两位演员表演的。还有一个例子进一步展示了电影剧本如何成为被认可的文本。电影公司 AM&B[4]试图向版权局注册《郊区居民》[5]的场景概述。可版权局认为，由于他们提交的场景概述缺乏对话，而且以子弹头形式标注的要点列表并不是真正的戏剧作品，因此答复 AM&B，将该作品登记为图书比登记为戏剧更合适。制片公司解决这个问题的方法只能是采取其他媒介现有的结构。很快，AM&B 的场景概述就模仿了戏剧剧本的格式。

这些例子表明，舞台戏剧对当时的剧本影响最大。然而，作家们发现自己很难像别的讲故事者一样被制片公司雇用，成为这个热火朝天运动的一部分。当时的剧本创作并不被当作一门文学技艺，这是很好理解的。因为场景概述毫无情感，仅仅被当作组织拍摄的一个工具。雪上加霜的是，电影制作的技术层面和不同的模式使作家很难进入电影行业。正如史蒂文·普莱斯在书中所写，制片厂认为他们收到的文学化的场景概述，"都是在制片厂发展成剧本的，因为很少有作

①　史蒂文·普莱斯（Steven Price），Price, S. (2013), A History of the Screenplay, Basingstoke, UK: Palgrave Macmillan.

②　西格蒙德·卢宾（Siegmund Lubin, 1851—1923），德裔美国电影先锋。

③　The Corbett-fitzsimmons Fight，1897 年，是电影史上最早的宽银幕电影。

④　全称为 American Mutoscope and Biograph Company, 1895 年创建的电影公司。美国历史上第一个致力于电影制作和发行的公司。

⑤　《郊区居民》（The Suburbanite），华莱士·迈克库切恩（Wallace McCutcheon）1904 年导演的喜剧短片，片长 9 分钟。

家具备影片制作所需的知识,使它们能够发展成剧本"①。制片厂需要能够进行视觉化的思考者。

随着电影叙事越来越复杂,再加上发行和放映形式的标准化,意味着电影人必须改变制作方法,在写作阶段就要有更清晰的准备。罗伊·L.麦卡德尔②是这套"导演中心系统"中最与众不同的编剧:他是第一个被电影公司 AM&B 专门雇来为电影写作的人。除了在这一日益成熟的艺术领域成为先锋之外,麦卡德尔还因其在杂志和其他媒体写作方面的背景而令人着迷。麦卡德尔同时是《伯明翰时代先驱报》《纽约晚报》《冰球报》《纽约世界报》和《纽约星期日电讯报》的记者,同时还为皮尔逊出版社、人人出版社、哈珀出版社和《世纪报》撰写诗歌和散文。他还是小说家,同时创作音乐剧和舞台剧。麦卡德尔对《纽约世界报》的彩页漫画增刊做出了很大贡献。他写的关于纽约日常生活的连载故事在读者中产生了巨大影响,收到许多公众来信。麦卡德尔给自己的漫画作品配上说明文字,还跟老板一起雇用模特,专门去外面为了说明文字拍摄照片。这些出版物以插图为特色,通常是关于时下热门戏剧的化妆、服装或者关键场景的插图。正是这种漫画、摄影与叙述文字的结合,吸引了 AM&B 公司雇用麦卡德尔为早期的电影写作剧本。他每周 200 美元的高薪导致其他记者也蜂拥而至,希望加入电影业。尽管麦卡德尔在不到一年之后就离开了 AM&B,但他继续以自由职业者的身份成功地为当时几乎每一位制片厂的制片人写过剧本。而且在此期间,麦卡德尔仍然对其他媒介——舞台剧剧本、小说和插图杂志等都保持着兴趣。

麦卡德尔在杂志上刊登的这种带有说明文字的照片,有些类似于当今电影人用的故事板,一种电影人用来视觉化剧本文本的方式。这反映出麦卡德尔和他那个时代其他一些先锋剧作家具有讲故事的技巧,这些技巧无疑提高了他们的视觉思考能力,从而将视觉技巧应用于场景概述中,有助于发展出更多的电影技术,比如蒙太奇和剪辑。

---

① 原文为 "were developed in the studio into scripts, since few of the writers possessed the knowledge of picture-making requisite to enable them to develop the script". p.55, Price, S. (2013), A History of the Screenplay, Basingstoke, UK: Palgrave Macmillan.

② 罗伊·L.麦卡德尔（Roy L. McCardell, 1887—1961）,美国人,记者、作家、早期电影先锋。

最终，话筒的出现代表电影制作迈向了更复杂的阶段，有声电影在筹备阶段需要做更多的工作。事实证明，它是推动剧本成为一种格式化写作模式的催化剂，从而与其他形式的媒介分离开来。叙事和电影制作技术的日益复杂，再加上不断发展的制片厂体系，肯定了剧本在电影界的地位。同时，这也导致了将剧本作为电影制作蓝图的依赖。这种从场景概述到制作蓝图的转变发生在20世纪20年代中后期，当时，美国默片导演托马斯·因斯（Thomas Ince）通过采取流水线方式制作电影，并引入了我们现在所谓的制片人中心系统，彻底改革了电影业。"这一过程是有计划的，这些以各种形式存在于纸面上的计划受到管理人员的监督（或干涉，视个人立场而定）。管理人员可以是制片厂的负责人，也可以是主管、制片主任或制片人。制片人控制的其中一种书面方式就是剧本。"①

向有声时代的过渡产生了一系列格式和方法，以进行对白的格式化写作。然而，即使到了20世纪50年代，电影公司之间也无法就如何规范剧本格式达成明确的协议，当时的剧本就是证据。拿这一时期的两个重要剧本《日落大道》（怀尔德导演，1950年）和《码头风云》（卡赞导演，1954年）做对比，我们会发现，这两部剧本的结构有着非常鲜明的对比。在这里，我们主要观察这两部剧本的结构与格式，所以姑且不做中文翻译。读者可以参考影片内容来阅读剧本。

对比当今的剧本形式，可以发现，其中许多特征和惯例的起源可以追溯到剧本身份还不甚明确的"动荡时代"。许多特征现在都已经过时或不必要了。例如，剧本中公认的字体"十二号Courier"就是明显对旧剧本的沿用。凯瑟琳·米勒德解释道，"第一台PC机包括了Courier这一字体，以确保用户能够复制看起来像打字机打出的文件，从而顺利过渡到文字处理和个人计算机的新时代"。如我

---

① 原文为 That process was planned, and the plans, which existed on paper in a variety of forms, were subjected to oversight（or interference, depending on one's point of view）by managers. A manager could be, as in Ince's case, the head of the studio, or he could be a supervisor, or production supervisor, or producer. And one of the written forms the producers used as a method of control was the written script. 汤姆·斯坦普尔（Tom Stempel）著，第51页，Framework: A History of Screenwriting in the American Film, Syracuse: Syracuse University Press.

AJM . SUNSET BOULEVARD

SEQUENCE "A"

A-1   START the picture with the actual street sign:
       SUNSET BOULEVARD, stencilled on a curbstone. In
       the gutter lie dead leaves, scraps of paper, burnt
       matches and cigarette butts. It is early morning.

       Now the CAMERA leaves the sign and MOVES EAST, the
       grey asphalt of the street filling the screen. As
       speed accelerates to around 40 m.p.h., traffic
       demarcations, white arrows, speed-limit warnings,
       manhole covers, etc., flash by. SUPERIMPOSED on
       all of this are the CREDIT TITLES, in the stencilled
       style of the street sign.

       After the final title, PAN UP to the
       REAR END OF A MOVING VEHICLE

       It is a black County hearse. The license plate
       says: CALIFORNIA, 1949 -- together with a number.
       The metal frame around the plate is stamped with
       the words LOS ANGELES.

       PAN UP HIGHER. Painted across the back of the
       hearse is the word CORONER.

       DISSOLVE TO:

A-2   THE CORONER'S HEARSE TURNING DOWN AN
       ALLEY LEADING INTO THE COUNTY MORGUE

       It pulls up before a closed gate of steel grillwork.
       On the wall is a sign: SOUND HORN. The driver does
       so. An attendant opens the gate. The hearse passes
       through it and into

A-3   A TUNNEL, and then into

A-4   A SMALL COURTYARD

       The hearse backs up to an unloading platform and
       again the horn is sounded. Two white-clad attend-
       ants come out of the morgue while the driver and a
       sleepy official descend from the hearse. The
       attendants open the door in the back of the vehicle
       and wheel out a hospital cart on which lies a corpse
       covered with a brownish blanket. Only the corpse's
       feet show, clad in cheap cotton socks and scuffed
       moccasins. They are soaking wet. PAN with the feet
       as the cart is wheeled into a small room near the
       entrance to the building and brought to a stop.

       DISSOLVE TO:

3-19-49

图 12-1 《日落大道》剧本原作

```
                    FADE IN:

1       EXT—ESTABLISHING SHOT—WATERFRONT—NIGHT                        1

        Shooting toward a small building (Hoboken Yacht Club) set
        upon a wharf floating about twenty-five yards off shore. A
        long, narrow gangplank leads from the wharf to the shore,
        and on either side of the wharf are large ocean liners which
        are being unloaded by arc light. In the B.G.  is the
        glittering New York skyline. A great liner, blazing with
        light, is headed down river. A ferry chugs across to
        Manhattan. There is a counterpoint of ships' whistles, some
        shrill, others hauntingly muted.

2       CLOSER SHOT—SMALL BUILDING—ON WHARF—NIGHT                     2

        It is the office of the longshoremen's local for this section
        of waterfront. Coming along the gangplank toward the shore
        is an isolated figure. He is TERRY MALLOY, a wiry, jaunty,
        waterfront hanger-on in his late twenties. He wears a
        turtleneck sweater, a windbreaker and a cap.

        He whistles a familiar Irish song.

3       SERIES OF WALKING SHOTS—TERRY MALLOY—WATERFRONT—NIGHT         3

        Reaching the shore and turning away from the union office.
        Passing the burned-out piers.

        Turning up a waterfront tenement street lit by a dim street
        lamp that throws an eerie beam. He is holding something inside
        his jacket but we cannot see what it is.

        NOTE: MAIN TITLES TO BE SUPERIMPOSED OVER THIS SERIES OF
        SHOTS

4       EXT—WATERFRONT STREET—NIGHT                                  4

        Terry walks along until he reaches an ancient tenement where
        he stops, hesitates, looks up toward the top of the building,
        and putting his fingers to his mouth lets out a shrill,
        effective whistle that echoes up the quiet street. Then he
        cups his hands to his mouth and shouts:

                            TERRY
                   Hey Joey! Joey Doyle!
```

图 12-2 《码头风云》剧本原作

们在第四章"剧本格式"里所说，电影剧本中第一次出现的人名字母都要大写。也许这是为了方便导演或演员，用来提示人物的首次出场，但这绝不是剧本叙事的重要组成部分，传统文学作品也并不符合这一现象。剧本中提及声音效果时使用大写字母，也是为了给需要快速识别某场戏里的声音的剪辑师或录音师提供方便。英文剧本中一页等于 1 分钟的银幕时间这一概念，也是编剧学者和从业者之间经常争论的问题。但实际上，如果我们接受剧本是一个变化着的文件，在拍摄或剪辑时会发生变化，这几乎就成了不可能遵守的惯例。

看来，电影剧本的样貌一直紧跟着电影制作技术的步伐。那些编剧曾经被迫遵循的严格惯例之所以存在，是为了适应和满足那段不知会迎来网络电影和短视频大爆发的时代，也没有预测到让许多惯例得以修正的数字电影革命。

这就提出了一个问题，即剧本的形式是否适合担负起构成当代戏剧电影的各种复杂的要求？这些编剧，尤其是未立项的项目编剧，能否像早期电影时代写场景概述的编剧一样，利用更广泛领域的多媒体更好地传达银幕创意呢？历史证明了技术革新是如何将剧本推向新的不确定状态的。数字多媒体工具为电影人提供了一种全新的方式来传达他们的创意，鼓励他们熟悉各种形式的媒介技术，并将重点从传统剧本中转移。

如今，编剧创作常常与其他部门分得很开，这并不利于编剧在创作时与其他各部门进行深入切磋。由于这种部门化的制作模式过于重视书面文字，导致现在许多编剧并不熟悉剪辑技术或电影摄影的范式。更糟糕的是，编剧所表现出的缺乏技术素养甚至被认为是可以接受的，并且成为常态，这与新媒体时代对于剧本创作的要求大相径庭。

第二节　非传统的编剧方法

在上一节中，我们讨论了电影技术的进步对 20 世纪早期剧本创作实践的影响，以及建立起不断变化的电影技术和剧本创作之间的关系。早期电影的案例说明，电影之外的其他媒介对于剧本本身以及对作者及其创作过程所起的作用。可以说在电影史上，对编剧来说最具创造力的时期之一是早期电影。在这一节，我们重点探讨当代电影剧本，特别是数字技术对于剧本样貌的影响程度。

数字技术的出现催生了许多行业，包括游戏设计、在线流媒体服务以及一系列可用于内容创作的工具，这些工具采用了类似剧本的美术设计文件。从理论上讲，"剧本"一词其实可以用来指代任何形式的跟视觉媒体有关的制作文件。这种重新定义的好处是多方面的，扩大了剧本的定义范围，也就意味着从业者就业领域的扩展，同时还为学者提供了更广阔的研究领域，不再局限于电影媒介。接受剧本作为一个开放的文件，而不局限于单一的视觉媒介，会使剧本理论产生不同的流派，也会对学院派内部长期存在的许多单一视角提出质疑。然而在业界，剧本和编剧的角色在这些广阔领域的作用还有待得到认可。

　　一系列可以为电影人服务的数字化工具在不知不觉间改变了电影制作的文化，自然也改变了剧本的创作。事实上，数字化剧本是一个复杂的想法。它不光是以物理形式存在，如果编剧愿意，它可以在理论上作为不断变化的底稿存在，可以是一份严格意义上永远不是"终稿"的草稿，可以不断地重写和质疑。数字化脚本的创作不只是口头和书面语言，它需要一定程度的读写能力，还需要技术素养。由于受到业内人士的高度认可，Final Draft 和 Celtx 等编剧软件在编剧中获得了大量追随者。尽管这些软件省去了在传统 Word 软件里需要进行排版和格式的烦琐工作，但也使创作者形成了对这些工具的依赖。这些软件还没有认识到剧本在游戏设计、网络剧及以各种独立的电影、电视或动画方面的潜力。他们强制编剧们用一刀切的模式进行写作，并严格遵循传统剧本的格式。虚拟剧本只能在它被要求再次成为印刷体和实体脚本之前保持虚拟。

　　独立电影现在已成为一个试验品，无论是在制作阶段，还是在筹备阶段，剧本找到了新的生命。世界各地的独立电影已纷纷成为创新实践和技术革命的源泉。21 世纪初，美国独立电影界的一场革命是"呢喃核"（Mumblecore）运动，这是一系列超低成本的电影，只雇用了最少的剧组和演员，并倾向于记录式戏剧（即兴）风格。呢喃核是反映电影人真实生活的一个电影运动。这些电影利用数字技术制作，符合电影制作的低预算性质，这为电影剧本在制作过程中的使用提供了一定自由度。呢喃核的自然和即兴是研究剧作的学者特别感兴趣的方面，他们对剧本在数字运动中的必要性提出质疑。

　　事实上，一些著名的美国独立电影人——格斯·范·桑特、大卫·林奇和吉姆·贾木许——在近年出品的电影《大象》（2003）、《内陆帝国》（2006）和《控制极限》（2009）中均采用了不同于传统剧本的策略。

　　超低成本的电影制作方法并不是对剧本进行实验的唯一途径。虽然很少见，但在主流行业中，也有一些在创作过程中进行这种"实验"的机会。罗伯特·罗德里格斯与昆汀·塔伦蒂诺、约翰·辛格尔顿等一些电影人都是从独立电影节中声名鹊起，此后他们便成为电影界数字技术的支持者。比如《罪恶之城》的拍摄，罗德里格斯与原版漫画小说的作者弗兰克·米勒合作，共同导演了这部几乎完全数字化的作品。为了被允许与工会体制外的电影人米勒合作，罗德里格斯放弃了美国导演协会会员的身份，将本应成为年度最受关注之一的好莱坞电影变成了某种程度上的独立影片。这部完全由绿幕拍摄的影片，在制作中充分利用《罪恶之城》的漫画小说。漫画小说在片场被用作参考，电影的许多镜头都被设计成与漫画相匹配的构图。

片中的大部分对话也直接从源素材中引用。传统编剧的角色在制作过程中是如此的不必要，以至于他们故意选择不在影片的开场和结尾处标明编剧的署名。这启发了导演扎克·斯奈德在改编弗兰克·米勒的《300》和艾伦·摩尔的《守望者》时，对素材也做了类似于《罪恶之城》般的运用。尽管斯奈德的两部作品都有传统剧本，但从剧本到屏幕的改编中，它们都得到了源素材中视觉材料的补充。

比起狭义的"剧本"，学者史蒂文·马拉斯[1]更青睐"脚本"（Scripting）这个词，与长期以来主导电影实践的传统方法有所区分。它们所代表的是在视觉艺术的发展中融入技术和媒体，从而鼓励电影人在故事的开发中变得同样具有创新性。考虑到这些特殊案例的成功，很容易不用剧本转而依靠这些工具。然而，这些例子也证明了，剧本在早期项目开发中的作用仍然是至关重要的，即使只是作为一份文件来概述电影制作的各个步骤。在这里，编剧习以为常的传统剧本这一形式被质疑。像罗德里格斯和斯奈德等电影人所采用的形式是一种纯粹为银幕制作的写作，使用视觉工具不仅传达出银幕创意的感觉，而且让我们能够以适合电影媒介的方式，用适当的视觉词汇将这一创意视觉化。在回顾罗伊·麦卡德尔和其他编剧先驱的早期生活时，学者如今可以将过去和现在进行比较。同样地，"屏幕戏"（"screen play"）一词曾经指的是视觉假象，而不是剧本的纸质页面，所以现在"剧本"（"screenplay"）就其本身而言，又变回了视觉文件。随着两种职业的工具和技术相互融合，编剧和电影人之间的界限正在逐渐淡化。

---

[1] 史蒂文·马拉斯（Steven Maras），Maras, S.（2009），Screenwriting: History, Theory and Practice, London: Wallflower.

第三节　电影的作者权归属

如果电影制作被理解成是一系列戏剧化的选择，一直到后期制作结束，甚至持续到更后面的宣传和发行，那么这对电影作者的概念意味着什么？亚历山大·阿斯特鲁克 [1] 将作者、导演比喻为作家，独自且独立地工作。而这与电影制作的现实相去甚远，电影制作总是一种合作的努力。但是，电影中有关作者身份的争议不仅仅是由这一过程的集体性质引发的，还与制作的流水线方式有关。

罗伯特·布列松这样描述电影制作的过程："我的电影是在我的脑海中诞生的，在纸上死去；被我用真人和真实的物体复苏，他们在电影中被杀死，按照一定的顺序投射在屏幕上，又像水中的花一样复活。" [2]

在创作实践中，我们反复看到一部电影总是被"写"三遍：首先是在纸上，然后是在片场，最后一次是在剪辑阶段。而剪辑阶段被专业人士称为"最后一次重写"。

那么到底谁是电影的创作者呢？是从头开始创造故事的人，还是最终决定影片形式和内容的人？换言之，是编剧呢，还是拥有最终剪辑权的人？——通常是制片人，或者是导演——即使他可能与影片最初的创意构思或最后的润色都毫无关系。通常情况下，最开始创作、进行过程中的执行和最终完成工作的人都不是同一个人。尽管如此，大众舆论和学术界还是将整部电影归功于导演，这已经成为一种惯例。对于熟悉电影制作方式的人来说，定义出作者这件事并没有一个既定的标准。连好莱坞"从业者"乔治·卢卡斯也觉得很难："我不完全确定答案应该是制片人、导演、编剧，还是三者兼而有之。"而卢卡斯电影的作者署名，当然无可争议，这三者都是他。但我认为，总的来说，故事的开发者和有权获得最终剪辑的人如果不是同一个人，两者之间总是存在着潜在的利益冲突。

---

[1] 亚历山大·阿斯特鲁克（Alexandre Astruc, 1923—2016），法国电影评论家。

[2] 原文为 "My movie is born first in my head, dies on paper; is resuscitated by the living persons and real objects I use, which are killed on film but, placed in a certain order and projected on to a screen, come to life again like flowers in water. " Bresson, R. （1977），Notes on Cinematography, New York: Urizen Books.

在不同时期，电影创作的各个方面都被当作过中心舞台。对于默片时代伟大的苏联导演来说，正是剪辑——蒙太奇——定义了电影的本质。对他们来说，声音的出现有可能摧毁蒙太奇至上的观念，蒙太奇已经"成为世界电影文化赖以生存的无可争辩的公理"（爱森斯坦）。苏联导演的恐惧是正确的。在默片时代，任何一卷胶片中的场景都可以放在第一卷；一场戏的中间段落可以被剪掉，插入另一场戏的特写镜头，即使演员的嘴唇动了，电影也可以在没人发现的情况下接在一起。但在有声电影中，剪辑受到了对话的限制。今天的电影剪辑并不像默片时代那样具有广阔的改变电影的空间。当然，这意味着电影人必须比默片时代更谨慎地对待剧本。在默片时代，可以简单地用剪辑和巧妙的对白卡来挽救一部糟糕的电影。可那样的日子已经一去不复返了。

编剧和剪辑的工作可以被看成是相互补充的，或者说是同一个连续事物的两端。两者在工作条件和职业所受到的尊重等方面都具有相似之处。或许编剧唯一的朋友可能是剪辑，但他们往往从未见过面。他们是由两个因素结合在一起的：他们都单独工作；如果作品取得成功，他们都会被遗忘（反之亦然）。

在电影史上，有许多电影在剪辑过程中被曲解和毁坏，也有许多电影通过剪辑得以拯救。影片《伟大的安巴逊》[①]的命运是电影史上的一大悲剧，这是一部由制片厂重新剪辑的电影，据传影片的初剪版是148分钟，后来奥逊·威尔斯的导演剪辑版是131分钟，最后制片厂剪到了88分钟。也有另一种被剪辑拯救的好结果，比如剪辑师埃尔莫·威廉姆斯在《正午》（*High Noon*，1952年）的成功中所起的重要作用。剪辑后的成片中，有时故事的意义，或单个场景的意义，或者某个角色的特征，都与剧本上呈现的截然不同。有时候，部分情节会在剪辑中被删掉，故事的结构会被改变，有时也会添加一些新元素，比如用全新的画外音从另一个角度讲述故事。如果有心，即使是普通观众也有机会看到一部电影的两个化身，一个是在电影院，一个是在网上（曾经是在DVD上）。一件值得注意的事情是，虽然有导演剪辑版和最终剪辑版（即制片人控制的版本），但从来没

---

① 《伟大的安巴逊》（*The Magnificent Ambersons*），1942年，奥逊·威尔斯导演，获得第15届奥斯卡最佳影片提名。

有过编剧剪辑版。

近年来，编剧组织试图挑战被封闭的传统。欧洲编剧联合会（FSE）在 2006 年发表了一份宣言，第一章就指出："编剧是电影的作者，是视听作品的主要创作者。"这个定义在三年后的雅典第一届国际编剧大会（WCOS）宣言中得到了重申，该大会由欧洲编剧联合会和国际编剧协会联合举办。《欧洲编剧宣言》引起了欧洲电影导演联合会（FERA）的回应；虽然该组织"完全承认编剧是剧本的作者和视听作品的主要创作者"，但它并不认可该宣言。FERA 的主页这样写道："电影导演是视听作品的主要创作者。"

仔细阅读这些声明，可以看出分歧的严重性。虽然编剧们说他们是电影的主要创作者，导演们却声称他们才是影片的主要创作者。此外，形容词"主要"（primary）的使用在这里是一个令人困惑的用词。"Primary"可以意味两件事：要么是最重要的人，要么是第一人。

电影制作是一门协作的艺术，但并非所有的集体成员都是平等的。并没有一个通用的公式来评估不同专业人员在这一过程中所做的贡献。然而，正如费德里科·费里尼（Federico Fellini）提醒我们的那样，每个参与者都是有价值的。费里尼将电影制作比喻成一次 100 人共同经历的旅程。途中各种各样的事情都会发生，每件事都会对最终的结果产生影响[①]。

---

① 《费德里科·费里尼》（*Federico Fellini*）第 162 页，Fellini, F.（1976），Fellini on Fellini, London: Eyre Meth。

第十三章
"另类"剧本创作

13

第一节 《卡拉马利联盟》的启示

▼ 自由的创作方式

我们在上一章中提到，在影像表达替代戏剧性成为短片主要驱动力的时代，传统的剧本格式显得有些束手束脚。这一章我们就来讨论"另类"剧本在创作上的可能性，以及此类实践的后果。我们以《卡拉马利联盟》（*Calamari Union*，1985）这部可以说是完全没有正式剧本的长片电影为例来进行讨论，因为这部影片无论从规模体量还是创作方式，都与我们的短片创作有很多相似之处。尤其是学生短片创作，可以从中有所借鉴。

《卡拉马利联盟》的主要创作文件保存在芬兰国家视听档案馆的收藏中，是用圆珠笔画的一页画。在这页画上，有从上到下的箭头和线条。在台词旁边，有一些手写的词：它们是演员的名字和一些地名。页面上还有几个词，描述了诸如"偷车""打架""消失在街头""揭露"等动作，以及两个完整的句子："萨克照顾好汽车"和"萨克留在海滩上"。有的演员名字旁边还画着十字架的图案。这一页纸是整个影片创作过程中唯一一个落在纸上的方案，上面描述了故事结构和内容。据影片的剪辑师后来回忆，在拍摄过程中，有时片场也有一些写着对白的纸片。这些笔记是编剧兼导演阿基·考里斯马基[①]在开拍前几分钟草草写下的，基本上是用作给演员们的提示。在剪辑阶段开始时，这些纸片已经消失了。

导演认为《卡拉马利联盟》是他真正的处女作，他称它为"地下电影"。这是一部没什么预算的黑色喜剧，黑白片，全片有16个主角，其中15个叫弗兰克。影片讲述一群人从赫尔辛基的一个地方到另一个地方狂欢的故事。男人们结成某种兄弟关系，而这种关系的基础在电影中从未被解释过。他们中的一些人甚

[①] 阿基·考里斯马基（Aki Kaurism ki），芬兰著名导演，欧洲各大电影节夺奖专业户。1990年的《火柴厂女工》、1992年的《波西米亚人生》和1999年的《爱是生死相许》在柏林国际电影节三次夺奖；1996年的《浮云往事》在戛纳电影节获普通评审团特别奖，2002年的《没有过去的男人》再获评审团大奖和普通评审团奖，2006年的《黄昏中的灯光》继续入围戛纳，足以证明欧洲影坛对阿基·考里斯马基的偏爱。

图 13-1　电影《卡拉马利联盟》剧照

至在黑夜中戴着太阳镜，他们的着装让人想起了 20 世纪 60 年代早期法国新浪潮电影中的人物。他们用名字称呼对方，所以弗兰克这个词的重复有时会给对话创造一种特殊的超现实主义节奏。根据开场的主创人员信息可知，这部电影是献给"那些仍徘徊在地球的波德莱尔、米肖和普雷弗特的鬼魂"的。它展现了许多考里斯马基后来作品的代表性特征：有节制却黑暗的喜剧，讽刺而近乎荒诞的对白，舞台上演出的摇滚乐，电影史中的典故，以及影片结尾时人物出海的结局。

　　影片一开始，我们在一家破旧的餐馆里见到了这些"弗兰克"，得知他们决定从卡利奥的工人阶级地区移民去一个靠海的上层邻邦埃拉。在分析了这次旅行的危险性之后，他们决定分成几个小组出发。故事跟随一个个弗兰克的命运，跟随他们穿越这座城市，共渡难关。而在现实中，卡利奥和埃拉之间的距离仅有 3.3 公里，横跨赫尔辛基的历史中心，是一个非常和平安全的地区。影片最后，只有两个人幸存下来，其他人在城市中的各种破坏性力量面前迎来各自的命运，比如街头暴力、自杀或财富的诱惑。其中最大的危险来自女性，她们大多患有相思病，要求苛刻，有时甚至充满敌意。考里斯马基后来表示："在我勇往直前的青春时光，婚姻和死亡对我来说是同一件事。"当这两个幸存的弗兰克到达目的地时，他们立刻意识到自己被愚弄了：埃拉并无什么魅力可言。他们在海滩上发现了一艘小型划艇，于是他们决定继续探索之路：划船横渡大海，驶向爱沙尼亚——当时爱沙尼亚仍是苏联的爱沙尼亚，是一个不为他人所知的牛奶和蜂蜜之乡。到此，影片结束。

这部电影拍摄于1984年秋天，花了大约20天时间，摄制组由极少数人组成——不超过12人。剧组成员只收取象征性的薪酬，所有演员都免费出演。影片中一半的演员是职业演员，另一半是摇滚乐手。几乎每个人同时还有别的工作，因为没有人收取酬劳，他们并没有义务按照规定的通告时间出现在片场，他们都是在能到场的时候就到场。因此，一份详细的剧本对于影片拍摄将毫无用处，因为直到最后一刻，在16个主要角色都能够参加拍摄之前，每天的拍摄日程都不确定。这个故事只能边拍边写。最终结果是有大约50个不同的场景，在这些场景中，弗兰克们以不同的组别在城市中游荡，在途中遇到各种情况和障碍。对于每一个永远无法到达目的地的人，一个描绘他死亡时刻的场景要被拍摄下来。在考里斯马基的那一页"剧纸"中，演员名字旁的十字架象征着这个人物的消解。

我们可以想象，这页纸基本上对剪辑毫无用处，即使是对于粗剪来说也没什么用。刚开始剪辑时，除了影片固定的开始和结局之外，他们并不知道如何给素材排序。只能粗略的将场景随机结合。通常在这种情况下，一个简单的解决办法是把素材组成一个个小序列的松散集合，但是影片的主要故事线又阻止了这个方法的实现：当这么多人从一地到另一地的过程中被逐渐毁灭，事件的顺序便不可能是随机的。一个已经死了的人不能在之后又一次出现在电影里。剪辑师拉贾·塔尔维奥[①]说，她和导演在规划影片结构时只有很少的"指引"。她之前在电影学院学习过亚里士多德和戏剧学的一些基础知识，但那时候美国编剧大师所倡导的三幕式结构还没有到达芬兰。导演考里斯马基说他在某个地方读到过，影片到27分钟的时候，观众必须知道这个故事是关于什么的，是关于谁的，他觉得他们应该运用这一点。这是其中一个"指引"方向。还有一场戏，所有的弗兰

---

① 拉贾·塔尔维奥（Raija Talvio），她剪辑了考里斯马基的五部长片和四部短片。

克都参加了一场摇滚演唱会，这应该是其中一个人的梦境。对他们来说，这是一个"大"场面，一个情绪高潮点，必须放在影片的后半个小时中。因此有了大概这样一个框架，然后他们试图对其余的场景进行排序。

最终影片剪辑的解决办法是用纪录片的剪辑技巧来处理素材。所有场景都被单独剪辑并保存在单独的胶卷里，这些胶卷被单独命名和标记。接下来，他们买了一堆索引卡，把场景的名字写在卡片上，也写下每一场戏都关于谁、在里面发生了什么等信息。然后将用卡片作为视觉辅助来建立电影的结构，把它们平铺在一张桌子上，然后将它们组合成不同的形式。这是纪录片剪辑中常见的做法，有时也用于剧本的创作。现在的剧作软件通常有一个"索引卡视图"选项。在没有个人电脑的 1984 年，索引卡是一个真正有用的手段。塔尔维奥很多时候都感觉他们像是试图解一个填字游戏，花好几天的时间来解决某个问题。在一番周旋之后，突然有一天奇迹般地，一切似乎都归位了，在电影的时间轴上为每一场戏都确定了属于它的位置。揭晓的这一刻是个充满力量的体验：感觉好像故事突然找到了它自己的形式。然后就形成了最终剪辑，电影也完成了。

从今天的视角来回看，最终的结果是成功的。虽然在首映时，评论褒贬不一，但《卡拉马利联盟》在芬兰国内的票房表现相当不错。它既赢得了人们的尊敬，也赢得了邪典电影的地位。而且这部电影的寿命很长，到现在还时不时会有特别的放映活动：2012 年夏天，赫尔辛基一个公园的露天放映吸引了 1000 多名观众，而且不同的年龄层都有其代表。在真正的邪典电影的传统中，在银幕上演员的台词出现之前，观众里就已经有人说出他们的台词了。许多影迷都把影片的对话铭记于心。芬兰还有一部舞台剧版本；几年前，赫尔辛基旅游局出版了一张标明影片各拍摄地点的地图。《卡拉马利联盟》也有国际追随者：在美国西雅图拍了一部致敬的翻拍作品（2008）。也许对这部电影最奇特的公开致敬是由年轻一代的芬兰摇滚明星赫拉·伊尔普帕·卡（Herra Ylppóa.ka），也被称作米科·曼蒂姆·基（Mikko Mäntymäki）完成的：2011 年，他正式改名为弗兰克！

▼ 屏幕创意：一部没有剧本的电影？

《卡拉马利联盟》真的是一部没有剧本的电影吗？或者说那一页纸和那几张纸屑是这部电影的"剧本"吗？的确，影片没有一个包含了动作和对话的 120 页的"拍摄文件"。但这并不意味着拍摄没有计划。英国电影学者伊恩·麦克唐纳[①] 曾提出一个"屏幕创意"（Screen Idea）的概念，他认为屏幕创意是"一个或多个人持有的任何关于潜在屏幕作品的概念，无论是否可以在纸上或通过其他方式来描述"。在纸上的文字永远只是对剧本构思的部分记录。最终成片的许多元素都没有在剧本中提及，比如视觉细节和音乐配乐。屏幕创意的一部分想法呈现在剧本的页面上，但另一部分却出现在相关人员的脑海中，以及他们彼此间的讨论和谈判中。屏幕创意既存在于剧本内部，也存在于剧本周围。

从这个角度来说，《卡拉马利联盟》在纸上的屏幕创意是整部影片创意的一个特别小的部分。创意的主要部分是以其他形式存在的。但无可厚非的是，那一页纸和那几张碎纸片可以被定义为这部电影的剧本。

另一方面，从生产实践的角度来看，答案似乎又并不那么明确。如本书第一章所说，电影剧本通常被当作制作过程的管理工具，或者说是一份蓝图。考里斯马基的那一页纸和零星的关于对白的想法几乎无法给摄制组成员提供任何有用的信息。例如，没有足够的可以用于安排预算和日程的信息。从制作角度来看，这些文件并不是剧本。因此从这个角度来看，这部电影是没有剧本的。

我认为这部影片有剧本——只是它以另一种形式存在，是一种另类的剧本形式。我这里说的"另类"一词，与现今好莱坞传统所指的"另类"有所差别。对一些人来说，"另类"主要是指"超越规则"去讲故事。尽管承认其他叙事方式存在，但他们还是强烈坚持传统的基于文本的剧本形式。对另一些人而言，"另类"剧本创作是对传统剧本（采用 Courier 12 号字体，并以"流水线"模式创作

---

① 伊恩·麦克唐纳（Ian Macdonald），在他 2013 年出版的《Screenwriting Poetics and the Screen Idea》一书中阐明这一观念。MacDonald, I. W.（2013），Screenwriting Poetics and the Screen Idea, Basingstoke, UK: Palgrave Macmillan.

的这种剧本）的挑战。"另类"也可能意味着即兴创作或采用视觉辅助。

随着数字电影制作的出现，这些做法的例子越来越多——如前文提到的史蒂文·马拉斯提出用"脚本写作"（scripting）一词来描述它们。同时，凯瑟琳·米勒德指出，即使各种数字化工具使得筹备、拍摄、剪辑和后期制作之间的关系变得"流畅"，从早期电影开始，"替代性的做法（较少筹备的工作流程）① 就一直存在。事实上，考里斯马基的另类方法也是非常原始的：早在 1910 年拍摄默片喜剧的时代，马克·森内特② 等导演在片场工作的方式就是如此。在开拍前的几分钟，导演在现场把一个场景的内容简单地用口头解释给有关各方听。

电影制作中的即兴创作意味着很多种方法。《卡拉马利联盟》并不是像迈克·李③ 或约翰·卡萨维蒂④ 那样让演员在排练中创造出场景的即兴创作。导演考里斯马基说他的创作方法是不用演员即兴创作，而是他自己即兴创作。米勒德称这种方法为"摄影机即兴创作"（"improvisation with the camera"），她提到阿托姆·伊戈扬⑤，他也将演员的即兴创作，与电影人根据电影的其他元素进行的即兴创作区分开来，比如镜头的设计和动作的编排。其实，当代有很多电影人都隶属于这一"派别"：王家卫、维姆·文德斯、格斯·范桑特、吉姆·贾木许和大卫·林奇等不少导演都可以算进去。电影史上的电影人是多种多样的，包括著名的 D.W. 格里菲斯、查理·卓别林、雅克·塔蒂、米克洛斯·扬斯科奥、米开朗基罗·安东尼奥尼和让-吕克·戈达尔在内的众多导演都是在片场创作出一场场戏，无论有没有笔和纸。

那么《卡拉马利联盟》的"口头编剧"是何时发生的呢？其实，这种"口头编剧"贯穿于这部影片的整个制作过程中，从筹备期到整个拍摄，甚至一直持续

---

① 原文为 "the alternative practices（the less pre-planned working processes）"。

② 马克·森内特（Mack Sennett, 1880—1960）加拿大裔美国导演，被称为"喜剧之王"。

③ 迈克·李（Mike Leigh），英国电影导演、编剧，电影导演生涯始于 1970 年。

④ 约翰·卡萨维蒂（John Cassavetes, 1929—1989），希腊裔美国导演。影片坚持即兴表演风格，采用纪录片的拍摄模式。目前世界上仅有的 6 位同时获得奥斯卡表演、编剧、导演奖提名的人之一。

⑤ 阿托姆·伊戈扬（Atom Egoyan），出生于埃及，后移民加拿大。作品《甜蜜的来世》获得第 50 届戛纳评审团大奖。

到后期制作结束。在这个过程中，电影的构思和创意并不是作为整体来执行，而是一点一点逐渐产生的。在剪辑过程中，个别场景进一步得到润色，而影片整体结构的规划仍在进行中。《卡拉马利联盟》的剪辑方法仿佛是一个上升的螺旋体：先完成一些场景，然后花时间思考，再完成一部分场景，之后对素材进行重新审视，最后再完成整部电影。乔治·卢卡斯同样使用这种"非流水线"的方法。他称这种做法为"分层"（"layering"）电影制作。对卢卡斯来说，这类似于画家或雕塑家的创作过程——"先完成一点，然后站远一些观看，再加上一些，然后站在后面看，再加一些"。

不过即使是传统的电影制作，拍摄开始后，故事的发展也不会停止。电影制作是一系列戏剧化的选择，从选择一个想法开始，通过筹备、拍摄以及后期制作，不断往前推进。所有决定影片呈现方式以及观众对影片体验的决定都是戏剧化的选择。广义来说，这个过程还包括发行渠道和营销方面的选择，这些都会对观众的体验产生影响。考里斯马基给《卡拉马利联盟》选择的营销口号无疑就是一个戏剧化的选择，它影响了观众的情绪，并推动了影片走向邪典经典。这个营销口号是："这部电影包含了糟糕的场景。拜托，待在家里！"

▼ 方法的选择："另类"还是传统？

为什么考里斯马基不写一个传统的剧本呢？何况拍摄《卡拉马利联盟》之前，他已经写了四部电影剧本，还做过记者、评论家，发表过很多篇有关电影的文章。他原本梦想成为一名小说作家。然而，他经常声称不喜欢写剧本，"尤其是在拍摄之前"。在制片人中心制成为电影业规范后，电影剧本成为标准化文件。剧本的一个功能便是作为制片人的控制工具。而《卡拉马利联盟》的拍摄允许考里斯马基自由选择创作方法。因为在影片的制作过程中，并不需要额外的控制：他既是编剧，又是导演，同时还是影片的制片人。此外，由于预算极低，他没必要通过呈现一部剧本去打动任何投资机构。从另一个角度也可以说，选择制作一部没有预算的电影导致了这种不需要详细剧本的情况。如前文所述，他们的拍摄计划必须根据每天自愿出演的演员情况而随时修改。这在某种程度上与学生短片的创作情况高度相似。

选择这种"另类"创作方法的另一个原因可能也跟时代有关。在20世纪80年代，有一种时代精神使即兴创作非常流行。对于许多年轻导演来说，亚历山大·阿斯特鲁克关于"摄影机风格"（"camera-stylo"）的文章[1]就表达了这种信念：作者导演就是那种"用摄影机进行写作，就像作家用钢笔写作一样"的人。可惜的是，对大多数学生来说，这种想法不知不觉间被扭曲成了一种更激进的形式：他们以为真正的电影人只使用摄影机，而不再使用钢笔了。

考里斯马基选择的方法也是非常个人的，这种做法延续到他后来的电影制作中。他在其他影片中根据制作的性质，不同程度地使用了完整、详细的剧本。写作时，他避免过多有意识的努力，在得到故事的基本概念——主角和配角的"问题"——之后，他故意试图忘记它。"当我写作时，我几乎完全按照我的潜意识工作，消化电影的主题和我所知道的基本故事。然后等上三个月，让我的潜意识完成它的工作。我的写作不可解析，但最终结果是一个相当精确的剧本，不管它是好是坏。"

考里斯马基称，他花在写长片剧本的实际时间为20—30个小时。他反复强调，要避免分析并有意识地隐藏主题的重要性，甚至对作者本人也要隐藏，否则，拍摄前和拍摄期间的写作对他来说就没有多大的区别。"我可以写得很快，而且想法都已经在那里，所以，无论是我写出来还是即兴创作都无所谓，是同一件事情。"

有的影片也有半成品剧本。比如考里斯马基导演的《列宁格勒牛仔去美国》（*Leningrad Cowboys Go America*，1989）在开拍之前有38页的纸质剧本，但剧本里只有故事的开头，中间和结尾是他拍摄期间在路上即兴创作的。考里斯马基更喜欢未完成的剧本，他说："完成的剧本使导演不用做任何智力上的工作。"他认为导演在片场的工作非常无聊。他说，在写作或剪辑电影时必须保持清醒，但在导演时，这并不重要。

---

[1] Astruc, A. (1948), 'Du Stylo à la caméra et de la caméra au stylo' / The Birth of a New Avant-Garde: La Caméra-Stylo, L'E cran franc aise, 30 March.

在没有正式剧本的情况下工作，意味着什么？米勒德认为，在片场即兴创作和采用其他"流畅"的方法会导致电影不太注重戏剧冲突驱动故事的重要性，也不太注重情节。这种"另类"的创作方法按道理会产生更复杂的角色，并增加了视觉叙事。

"另类"（不同于传统剧本创作）的方法可以用来创作各种（非传统）的电影，有些重情节，有些则不那么重情节。《卡拉马利联盟》和《列宁格勒牛仔去美国》在这个层面上可能更像电视剧，但这两部影片的中心冲突都很明显：有一群人试图从一个地点到达另一个地点，他们在途中遇到了各种障碍。角色也并不复杂。任何熟悉欧洲国家影院出品影片的人都知道，制作一部完全没有情节驱动、几乎没有故事的电影是完全有可能的，但绝对要以经过多个版本修改的详细剧本为基础。尽管考里斯马基的影片收获艺术院线的观众，他却并不赞同松散的故事，他说："一个导演如果不能控制观众的感受，让观众发笑或害怕，就应该改变自己的职业。当人们去看电影的时候，他们所付出的代价就是情感。"

选择"另类"编剧方法有多种原因，有时还涉及审美目标，比如有寻找新的讲故事策略的欲望，就得去选择那些难以用语言描述的电影元素：手势、节奏和声音。其次，制作的环境影响也可能促成实践的选择。这种非传统的"另类"创作通常是耗时的，因此在小规模独立电影制作中更为可行，而不太适合应用在大预算的主流制作中。但对于任何一个独立的或有足够实力的人来说，选择的自由是存在的，即使在成本高昂的电影中也是如此。卓别林自己就是老板，他在片场即兴创作并连续几个月进行实验，不用费心通过更详细的前期策划来达到成本效益。这与其说取决于制作规模，不如说是取决于"权力"。乔治·卢卡斯之所以选择成为制片人兼导演，目的是为了控制自己的素材，以及随心所欲地创作。考里斯马基很早就总结过："因为我是即兴创作，所以我必须自己做制片人。"

影响剧作方法选择的第三个因素是电影人的个性，即他体验现实的方式，以及对于电影语言的运用方式。从我的教学工作中，我非常感兴趣不同的学生对周围世界的看法，以及他们对电影制作的不同态度。有些人写了一页又一页的不是固定格式的文字，花了大量时间把材料重新塑造、编辑成剧本。对另一些人来说，故事创作就像是翻译脑海中图像的过程——非常像考里斯马基所说——即使在初稿中，它的结构和节奏也很精确。有些导演脑海里就有影片的镜头或故事板。对于有些人来说，故事发生在想象的三维空间中，他们直到很晚才对如何将动作配到画面中感兴趣。而且根据我的经验，导演在剪辑室也很不一样。有些人几乎没有注意到一个场景是重新用不同的镜头拼凑修剪的，甚至有些部分被删除。有些人能够在"让我们在这里剪掉两帧，使画面更顺畅"的层面上进行讨论。人们只是对于事物的接收方式不同而已。

新西兰教育家尼尔·弗莱明（Neil Fleming）开发了一个模型，将人分为四种不同类型的学习者：视觉型、听觉型、读写型和动觉型。这些类别描述了个人如何接受和传递信息以及进行思考。对大多数人来说，这其中有一种模式会占据主导地位。因此，当创作一部电影时，视觉型的人肯定会跟听觉型、读写型或动觉型的人选择不同的策略，因为他对世界的感知是不同的。这可以解释为什么人们会选择不同的编剧和导演方法：对于不同的人，不同的方法的选择是很自然的。

▼ 结论："跟着电影走"

让我们回到那个在剪辑《卡拉马利联盟》时通过索引卡找到正确结构的那一刻，就好像素材自己找到在时间线上所属的位置一样。以我的经验来看，类似这样的事并不少见，我认为它们正是剪辑或编剧工作的核心部分。许多电影人把这种现象归因于电影拥有自己的生命。弗朗西斯·福特·科波拉这样描述剪辑："影片拍完之后，你必须承认，你手里的既不是你以为你所拍的素材，也不是你以为你所写的剧本。它就是它本来是的东西，你必须把这些东西组合起来。重要的是要跟着电影走，让它保持本来面目——当然是在你的指导下，而且要根据你自己的意图。"

对费里尼来说，写作和导演不是一个发明的过程，而是一个发现的过程。他写道："我想知道故事能告诉我什么。"他还描述了在某种程度上，电影是如何

"开始指导你"并一步步地创造自己的①。他这样描述："一切都在进行着，就好像一开始我和即将诞生的电影之间就有一个协议。仿佛成片已经在我之外存在了，就像在牛顿发现万有引力定律存在之前——在非常不同的程度上——它已经存在了一样。"②

因此，无论采用哪种剧本创作方法——口头叙述、图表、图片，或者通过很多稿进行细致的写作——都有其道理。作为创作者，我们应该选取一种能找到的最好方式（最适合你的故事的方式）来揭示故事，那个你手头最想要表达的故事。在一个理想的世界里，根据故事的性质和所涉及的人的倾向，会找到正确的方法。我认为，一个允许更多的自由选择方法的创作文化，可以孕育出多种成功的结果。我觉得在设计电影院系的课程时，我们更应记住这一点。《卡拉马利联盟》的案例向大家证明，一种不同寻常的、充满活力的方法可以为参与该项目的创作者甚至观众，都提供充分的挑战和有益的经验。

第二节　众筹给我们的启示

▼ 众筹作为屏幕创意的数字化载体

近年来，众筹已成为各类项目，特别是艺术创意项目融资的一种流行方式。最成功的平台是 Kickstarter。在国外独立电影的社群中，众筹已经成为获得资金支持的关键来源之一，许多电影因此获得了更好的机会投入制作，而不是按照传统的方式从制片公司或投资人那里寻求资金，或者从电影基金那里寻求投资。这些筹款活动令人惊讶的揭示出一个现实：人们对电影剧本并不关心。电影是否能筹得资金（这意味着观众是否认同该创意），更多地依赖于社交媒体的宣传短片、预告片、概念海报以及大量的其他媒介。Kickstarter 筹款活动就是通过多种方式

---

① 费德里科·费里尼（Federico Fellini, 1920—1993）第 162 页，Fellini, F.（1976），Fellini on Fellini, London: Eyre Meth。

② 费德里科·费里尼（Federico Fellini, 1920—1993）第 104 页，Fellini, F.（1976），Fellini on Fellini, London: Eyre Meth。

传达银幕创意的一种方法。

俄罗斯编剧奥西普·布里克①早在 1974 年就认为，剧本绝不是一部文学作品，而是一个影像系统，旨在使作者或作者的艺术项目以电影艺术的形式在银幕上公开。尽管他对剧本作为文学作品的地位不屑一顾，但他很早就在支持剧本除了文字世界之外，还有其他形式的潜力。"事实上，我们除了文字之外，没有任何其他手段来规划未来的电影，这在某种意义上不是剧本的内在特征；相反，这是一个缺陷。在某些情况下，一张富于表现力的照片可以比一长页华丽的文学剧本更全面地描绘未来。剧本是为将要拍这部电影的人写的。对所设想的电影的理解必须通过一切可用的手段传达给他们，为此目的，文学语言远远不是唯一或最适当的手段。"②

前面提到的当代不断变化的创作实践，表明书面文字不再是编剧向从业者传达其银幕创意的唯一手段。Kickstarter 筹款活动为布里克的说法提供了佐证。对一些成功筹款的项目进行分析，可以发现传统剧本在筹款过程中并不是必要的。取而代之的是，这些项目依靠社交媒体上的宣传短片、预告片、概念海报和大量其他媒介来传达和表达屏幕创意。这说明编剧已如同米勒德所说，成为一种不仅使用文字，而且还使用图像和声音的多模式的编剧方法。这为编剧在新媒体时代提供了更加多样化的"工具包"来创作他们的故事。

Kickstarter 筹款的项目网页本身就是对剧本的数字化补充，甚至可以说，在这个时代，它与大纲或分场同样重要。众筹活动利用多种不同的媒体工具和服务与观众直接交流，并向观众表达屏幕创意。因此在许多方面，众筹的项目页面已经成为与剧本同样有效的制作文件，代表着从业者在数字领域从事编剧方式的转变。众筹活动代表了数字文化与传统电影实践的融合，这一结合改变了剧作的性质，并使剧作在学术界和广大电影界的地位发生了动摇。

除了在独立电影界，Kickstarter 也被主流艺术家用作一种工具，为一些已经

---

① 奥西普·布里克（Osip Brik, 1888—1945），俄罗斯编剧。

② 奥西普·布里克，Brik, O.（1974），'From the Theory and Practice of a Script Writer'，Screen, 15, pp. 95 - 103.

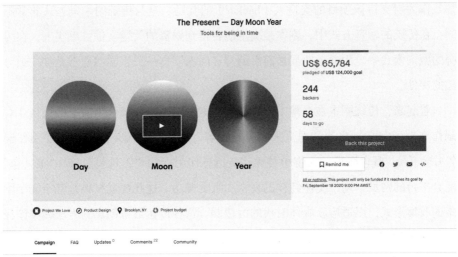

图 13-2　Kickstarter 网站项目截图

苦苦挣扎的好莱坞项目证明市场价值，或为了在限制重重的好莱坞系统之外工作提供了可能性。2013 年 4 月，罗伯·托马斯①发起了一项 Kickstarter 活动，为已被电视台取消续集拍摄的电视剧《美眉校探》的电影版筹集资金。这项活动取得了巨大成功，从全世界总共 91585 名支持者那里筹集了 570 万美元。2013 年，演员兼电影人扎克·布拉夫②也筹集了 310 万美元，用于制作电影《心在彼处》③。斯派克·李④和其他一些导演也是如此。这些大体量的项目帮助 Kickstarter 等平台建立了新的电影开发手段。

----

① 罗伯·托马斯（Rob Thomas），美国导演、编剧。《美眉校探》（*Veronica Mars*）系列的制片人、导演、编剧。

② 扎克·布拉夫（Zach Braff），美国演员、导演。因饰演《实习医生风云》里的约翰医生而被人熟知。他自编、自导、自演的影片《情归新泽西》获得多项 MTV 电影奖提名。

③ 《心在彼处》（*Wish I Was Here*，2014），是扎克·布拉夫自编、自导、自演的电影。

④ 斯派克·李（Spike Lee），美国知名导演、编剧、制片人，获得第 88 届奥斯卡终身成就奖。他一生的愿望就是拍出真正的"黑人电影"，他作品涉及的题材也大都与黑人的出路、觉醒与种族歧视有关。

通过对这些筹款的网页进行分析，发现在许多案例中，唯一提到剧本的地方都是作为对支持该项目的支持人（backer）的奖励。这与传统的融资方式非常不同，在传统的融资方式中，剧本是决定能否得到融资的关键文件。事实上，在传统的融资模式中，为通过业界最前沿的"守门人"这一关，剧本通常是唯一被考虑的文件。

看起来，传统剧本在众筹中并没占有一席之地，但是我认为需要修正当今对制作文件的定义。众筹的网页采用视觉内容，包括 YouTube 视频（主要用作预告片宣传）、概念海报、人物小传和演员信息作为视觉"工具包"，该"工具包"配合平台的网页，用于交流纯粹的视觉和听觉概念。这些视觉材料是基于文字剧本的改编形式，以适应新媒体时代的消费群。这种传达银幕创意的方法完美诠释了剧作是如何赶上 21 世纪电影制作实践创新的。

▼ "读"时代步入"看"时代：多模式剧本

近年来，随着我们由"阅读"时代步入"观看"时代，独立电影和主流电影产业都显示出对传统电影制作技术和实践的背离。数码技术的革新使得拍摄速度更快，电影制作不再受赛璐珞和胶片摄影的限制。电影摄制组变得越来越小，导演现在可以自由地接受媒介的流动性。电影制作已经进入一个完整的循环，许多制作模式有些类似于 20 世纪初的摄影师和导演系统。虽然这场革命在很大程度上仍然局限于独立电影的制作，但它让剧本在传统的局限之外找到了新的生命。

正如早期电影史中的电影人，如今的银幕编剧也借用各种媒介为其电影作品注入新的活力，比如新闻、戏剧、摄影和音乐。从早期电影剧本的发展过程中探索电影剧本的演变过程，可以得出这样的结论：当时电影的技术和剧本的形式是有关系的。研究表明，媒介技术的变化对剧本的写作风格和结构都会产生影响。

观察当代剧本的例子，这些剧本试图打破传统，采用涉及现代多媒体技术的实验技术。无论是好莱坞的作品，还是独立制作的作品，都展示了视觉剧本的概念，以及它如何为电影制作提供传统剧本所不能提供的帮助。这些例子强调了技术和剧本之间的这种关系仍然是显而易见的，电影技术的发展也对剧本的创作过程产生了深远的影响。

从 Kickstarter 的众筹项目中我们发现，数字媒体技术为编剧提供新的机会和方法，使他们能够将屏幕创意传达给潜在的读者。就这些特定的生产模式而言，围绕这项技术的趋势，要求编剧的角色从码字匠转变为视觉艺术家，但核心仍然是屏幕创意的作者。这些技术包括图像处理、视频剪辑以及网页设计，曾经是专业人士所需掌握的技能，而现在任何人都可以经过少量学习之后就进行应用。曾经文字是昂贵的，然而在数字媒体文化中，图像的制作和传播却如此便宜。当数字文化在加速发展时，一场变革即将到来。

这些工具能很快被采用，意味着众筹网站在某种意义上已经成为一种新的剧本形式，就像梗概或者大纲一样，但许多编剧对于这种形式尚未接受。有趣的是，它映射了早期电影史上的剧本，不仅是一个剧本工具，同时也是一个营销工具。遗憾的是，编剧通常在这个关键文件的形成过程中起不了什么作用。"屏幕创意有多种可能性，即使它是写下来的，并由开发人员详细说明。它通常以书面形式，标准化的形式来描述，但不一定非得如此。根据适当的规范和假设，它通常由几个人口头分享和开发，但也可以完全由一个人独立创作。"[1]

以尼尔·布洛姆坎普[2]为例，他在筹备《第9区》[3]时，使用了一部短片《约翰内斯堡的外星人》做演示，说明美术设计和拍摄风格。这给布洛姆坎普在吸引投资方面带来了显著的助推力。这个例子和本章中的其他案例都表明，随着电影制作中持续显现出技术和剧本之间的融合，新的、令人兴奋的创作方法逐渐被揭示出来。多模式剧本的概念，一个不受旧传统和产业整合压力约束的概念，对编剧在数字文化研究中的作用有着更大的影响。数字媒体消费的转变，以及社交媒体平台的广泛采用，催生了一系列工具，让编剧能够直接接触到潜在的读者。编

---

① MacDonald, I. W. (2013), Screenwriting Poetics and the Screen Idea, Basingstoke, UK: Palgrave Macmillan.

② 尼尔·布洛姆坎普（Neil Blomkamp），南非出生的加拿大籍电影导演、编剧。他年纪轻轻就在业余时间自制了四部短片《瓦尔河脂鲤》《约翰内斯堡的外星人》《黄》和《机器苍蝇临时工》，不俗的水准获得了大导演彼得·杰克逊的青睐。

③《第9区》（District 9，2009年），尼尔·布洛姆坎普长片处女作，获得第82届奥斯卡最佳影片提名。

剧们采用一个更广泛的工具包来开发屏幕创意，这不仅仅是剧作在书面的扩展，事实上，它是对我们如何看待整个剧作的一种修正。

第四部分　抵达目的地

第十四章
常见学生短片剧本
写作的错误

写出一部优秀的短片剧本很不容易。布莱士·帕斯卡[①]被认为是世界上最聪明的人之一，他讲到简洁的写作所带来的挑战时慨叹："我没有足够的时间去把它写短一些，只好写了这封长信。"也许你经历过帕斯卡面临的同样挑战。他可以把这封信写的又短又清楚，但比起写一个长版本，实际上短的版本会花费他更多的时间。换句话说，写一篇冗长沉闷的文章或剧本，比写一篇短小精悍而有效的文章或剧本更简单些。因为精确的写作需要更多的调研和思考。我们往往倾向于赶紧完成它。不幸的是，这种方式往往并不会使剧作从中受益：人物形象是否丰满立体？剧本感人吗？就每个人物角色而言，该剧本有效吗？每场戏、每个动作、每句台词是否都能完成一个戏剧目的？就制作体量和复杂程度而言，不用花费太多的时间、财力，就能达到目的吗？

在五年的教学中，我读到过很多学生的短片习作，它们都集中地出现下列一系列问题，比如：

1. 不具备可拍摄性：需要耗费太多预算或太多资源，所谓短片却有太长、太复杂或太大的体量。（要记住，演员、场地以及昂贵的设备和器材都要花费巨资。）

2. 所写的是人物的所思、所想、所感，演员不太确定如何用肢体语言表达人物的思想和情感。这会带来很多疑惑，并且增加了拍摄时长。

3. 人物的动作看起来很随意，目的不清楚，或者缺乏动机。

4. 对白过多，缺乏视觉形象和人物动作来揭示人物的价值观、品质、故事节奏（beat）。

5. 没有完成场景目的，或者只是部分完成。

6. 高潮不够吸引人，缺乏清晰的有意义和感人的主题或信息。

7. 突然出现"扭转乾坤"的力量，比如一个新的人物突然拯救了主人公，要么通过逻辑不通的决定或动作解决了危机等。

针对以上这些常见问题，我们或许可以采取以下对应的解决方案：

1. 与制片人（通常是同学）一起做好片子的预算；调研拍摄不同的场景要花

---

① 布莱士·帕斯卡（Blaise Pascal，1623—1662），法国数学家、物理学家、哲学家、散文家。

多长时间，哪些场景需要昂贵的动画或者特效。

2. 在场景描述里预想行为与动作，以此来揭示、展现人物的内心状态。

3. 了解这场戏的目的和原因，确保场景描述里包含与人物思想匹配的人物动作。

4. 将一些对白替换为人物的行为与动作，增加场景的视觉化。

5. 分析这场戏的目的，再写出明显有助于完成场景目的的人物行为、动作、对白、设定等。

6. 确保完整的创作过程，最好能在写剧本之前完成所有的相关步骤（梗概、分场等），以保证故事的高潮和主题是有效的。

7. 正确认识和看待故事。所有的情节点和高潮都要来源于合理的符合逻辑的事物。

从以上所列的写作错误中我们总结出的经验是：务必认真考虑你所写的剧本是否符合你的拍摄能力，它符合能参加电影节的时间长度吗？牢记"展示远大于讲述"的重要性，利用电影的视觉属性来揭示人物和情节。在短片中，视觉属性与戏剧元素在提升观众的情感参与度（共情）上的作用同等重要，有时甚至更加重要。

第十五章
短片创作的建议

15

▼ 限制人物的数量：坚持只有一个或少许主要人物

观众通过人物与电影产生感情。在短暂的银幕时间里，一大堆人物不仅不会让观众产生认同感，连区分他们都变得困难。比如说，在一部两三分钟的超短短片中，三个人物就已经太多了。最好集中精力刻画一个人物。增加太多的辅助人物或副线故事，会让短片散漫，而且会减弱叙事张力。在短片里，我们要找到人物和故事的核。它并不是一个浓缩版的长片，而是一个浓缩人物生命中某个时刻发生的重要事件。

同时，还要坚持简单的 logline（一句话概述影片内容）以及清晰的情节线。众多的人物需要花过多的时间去充分发展他们，所以人物越少，越好！

从实际拍摄角度来说，限制人物数量，集中精力创作一个主要人物，会降低制作成本。现实地说，在拍摄期间，小规模的卡司数量意味着付更少的工资，以及做更简单的时间安排。

▼ 情节简单化

短片电影需要设计一个明确的焦点。长片电影的形式可以支撑起具有复杂情节和子情节的史诗，而短片更多的是关于一个特殊时刻的捕捉。也就是说，短片里有很多东西是要隐去不做详述的。你不能期待在短片里讲述一个长片体量的故事。因此，短片情节，应该非常简单而且能直击要害。

保持情节的简单还能使总体拍摄更有效。如果剧本比较好拍，你会有更多的时间去刻画每个镜头，去和演员多试几种不同的表演。最终，一个好的简单故事，比一个被胡乱塞进 5 分钟之内的复杂故事，给观众带来的视觉冲击更强烈。

▼ 启用小规模的剧组

如果你启用一个小规模的剧组，拍摄过程也会相对容易一些。

如果你自己做一部独立短片，你是不太有可能拥有巨大的预算去进行拍摄的。为了提高真正完成影片的概率，并且为了能把它拍成让你自豪的作品，在剧本阶段就要考虑到预算。设定只有少数几个摄制组成员，或许他们可能都没什么拍摄经验。对你和你的组员来说，要知道什么是可能做的，什么是符合实际需要的，比如在设计特技或特效时，还要考虑其必要性。一部容易制作的剧本对于一个小体量的剧作来说，更具可行性。

▼ 限制场景数量

不要在剧本中设计过多的不同场景。如有可能，最好把你的故事限制在一两个场地内。这样减少了转场的时间，从而降低拍摄的天数，在更少的时间内完成更多的拍摄，提高拍摄效率。前文提到的《爆裂鼓手》的短片就是很好的示例。

你还要确保能在剧本中提到的场地进行拍摄。如果一场重头戏发生在超市，别以为你能直接走进一家超市就进行拍摄。要么在剧本完成之前，先确保场景能拍，要么得有备用的场景可供选择。最好的方式是，在不影响叙事的前提下，写下你知道能进行拍摄的场地，最好还能保证创意的高度完成。

▼ "展示"，而不是"讲述"（"Show, not tell"）

当画面不能完全表达创作者的意图时，对白常常被用来当作补充。但请记得，一位好演员的脸部特写就能表达出很多内容，甚至比一位优秀编剧在剧本中所写的对白所表达的还要多。同样也请记得，一部由对白主导的剧本或许更适合制作成电视剧或舞台剧，而不是电影。

"展示"，而不是"讲述"。揭示人物性格的对白可以写得很好，但或许也会很沉闷，还非常花费银幕时间。而银幕时间正是短片这一形式最宝贵的东西！我们要提前对剧中场景、事件、人物的视觉化镜头等方面进行设想，用场景、无对白的状态，以及用蒙太奇或图像的组接来完成对人物或故事的揭示。

把握影片的时长很重要，你必须能在相对短的时间内展示完整的故事。本书中介绍的所有获奖片例都展示了编剧在剧本中如何面对这些挑战。他们考虑了短片叙事的元素和规则。他们靠的是重视电影的视觉力量，以此来揭示人物和情节点。他们靠的是展示而不是讲述。他们理解对于剧作短片类型认识的重要性。通过这一切，他们创作出了能够表达动人情感的剧本，并策划出能从片头到片尾都引起观众共情的主题。

▼ 学会接受短片的形式

以上这些建议都是为了限制短片的体量，并建立在衡量拍摄可行性的基础上的。这些建议看起来似乎限制了你的创造力，让你的故事变得无聊。如果不这样做的话，你的剧本的可行性就会太低，同时在作品中会遇到更多的挑战，甚至导致创作失败。

提炼你的剧本，尽量用核心元素讲故事，这样你的故事会更有张力，而且电影会更打动观众。集中精力去创作一个主要人物，讲述一个简单的故事，这样定会创作出一部既有力量又较容易拍摄的短片作品。

▼ 多看、多想，多分析

平时多看一些短片，观察在什么时候、是什么事情吸引了你的注意力？你是被吸引住了，还是出戏了？

留意一些短片是如何做到"短小"的？为什么没能做到"温暖"和"完整"？哪里出了问题？是什么缺失了？

注意一些不同的短片在创作和制作上是相对容易还是相对困难？是如何做到写的容易或拍的容易的？该影片内容（复杂度、体量等）的哪些方面，使得电影容易拍摄？

放映一部短片，写出分场大纲，简要叙述出每场戏的内容、目的，就人物的相关度或故事的进程而言，分析每场戏如何应用戏剧元素使你在观看时产生共情。

第十六章
练习题：开发你的创意

许多学生一直问，如何激发灵感？其实，灵感并不是主动找上门来的，创意是需要我们主动探寻和积累的。这一章列出了一些练习题，它们是一些短小而愉悦的头脑风暴，能刺激你的大脑进入一个沉浸自我的放松状态。根据个人情况不同，每个练习时间大约控制在 5 分钟。

让这些练习带你进入一个舒适，但时刻可能带来惊喜的地方——那里没有规则，没有正确答案。你可以一边阅读本书，一边做这些思维发散型的练习，或者你也可以把其中一些有用的练习标注出来，等你准备创作相关项目时再回头翻看。把你的答案写在笔记本或记在电脑里，作为将来电影创作的资源。

▼ 重新发现创意之源

你还记得在孩提时代，自己做过什么有创造力的事吗？也许你编过故事，幻想过魔法世界，建过秘密基地，做过自创的实验，发明过新玩意儿，穿过戏服或者爸妈的衣服，或者与宠物对话。想一想，创造带给你怎样的感觉？你还记得是在什么时候放弃了这些项目？是什么原因呢？

花 5 分钟做一件你小时候爱做的事情，或者抓住一个跟孩子共处的机会，尽情玩耍。找出你的蜡笔或颜料，唱你喜爱的歌，用稻草建桥，用饼干盖塔。用放大镜观察昆虫和花朵。注意自己在玩耍时的反应。你有哪些感受？你还记得做小孩的感觉吗？深入思考你儿时的创意方式，是否能帮你突破现有的自我评价与自我意识？或者是否可以启发你的创造力，发展你的某种特质？

▼ 愤怒清单

我的研究生导师，南加州大学电影学院的多伊·梅尔教授，她的汽车尾部贴了一条标语——"如果你不愤怒，那说明你根本不关心生活。"

把让你的愤怒的事情列出来，然后在旁边列出能激发你的事物。把它们贴在冰箱上，并不时地添加内容。添上一些戳到你痛点的图像（比如政治漫画、广告、有偏见的照片等）。如果你愿意的话，给你的列表添加一个标题。这张写满让你愤怒或鼓舞的清单中，有没有一项能启发你去创作一部作品进而阐释这些问题的呢？

▼ 探索家族档案

老照片中可能藏着一些线索，这些线索能帮助你认识现在和过去的自己。

找出一些你孩童时的老照片——最好是在自然状态下随手拍的照片，而不是影楼的摆拍照。想象这些照片是你在二手店淘来的，照片上的人是陌生人。如果做不到这一点，你可以眯起眼睛让视力模糊一些，让照片上的人物显得不那么熟悉。你从照片上人物的身体语言、表情、服装、发型和关系远近之中读出了什么信息？现在的你和童年的你有什么相似处和不同点？小时候的你（或者现在的你）和家人之间有什么共同点？有什么不同点？这些相似或不同的性格特征反映在你的作品中了吗？

▼ 回 家

回想一个你儿时常去，但之后却很久没去的地方。这应该是一个让你有家的感觉，令你感到舒服的地方（也许是你老家的厨房，一个秘密藏身之处，或是你祖父母家的走廊）。闭上眼睛，想象自己置身于那个地方。在你的大脑里探索这个地方，并尝试唤起自己的感官记忆——穿着拖鞋或靴子的脚步声，父亲胡茬的触感，墙纸的颜色，穿过卧室窗户的光线，衣柜里的气息。这些事物给你带来了哪些感触？

你能在剧本里重现这个地方吗？用什么必要元素才能传达出这个地方带给你的感觉？哪些细节展现出时代、地区、阶层、文化，以及家庭结构？想象在这个地方发生一个很重要的场景。如果童年的你是这个场景的主角，那么这个场景的情感基调是什么？如果这个场景的主角变成了故地重游的你，那么这个场景的情感基调又是什么？

▼ 寻找灵感

除了电影之外，你还能在哪些领域得到乐趣，学到知识？你是否记得一些让自己受益匪浅的课程？花些时间去回想一门让你感到满足的课程，或一篇研究报告，一场公共演讲，一个自学项目等。好好翻找和梳理一下，看看自己有没有做过哪些科学或艺术项目，写过小说或一切与创意写作相关的东西。

有没有一个领域能唤醒你的兴趣，或者给你惊喜？选出一个领域，花几分钟快速记下（无须认真思索和编辑）从头脑中闪过的某部电影，或某个人物，某个场景，然后把这个领域中的相关知识和兴趣应用在电影中。

▼ 艺术的滋养

你喜欢看哪些视觉艺术或表演艺术？你喜欢的读物是什么？浏览一下艺术和娱乐资讯，抽出点时间去看演出、戏剧、画展，或者去听音乐会。翻翻你的书架，找一本你一直想读（重读）的好书，然后找时间开始阅读。花5分钟欣赏，用心欣赏你家里的一件艺术品（或者仿制品），回想对它的第一印象，以及它吸引你的原因，看能否重新找回购买时的那种感觉，用全新的眼光看待它。文化活动并不是无足轻重的，它不仅不会浪费你的时间，还对电影人的短期创意和长期发展都起着关键作用。哪种活动对你来说至关重要呢？

▼ 关联兴趣点

把你所感兴趣的某一领域的概念和创作能量运用到另一个领域中。著名剪辑师沃尔特·默奇发现，翻译意大利诗歌和剪辑需要相似的创意。著名电影作曲家詹姆斯·纽顿·霍华德挂在书房里的画作能激发他创作音乐的灵感。著名制片人、导演伊斯梅尔·莫昌特和李安都表达过电影制作和烧菜之间有许多相像之处。

当你给自己的两个兴趣点寻找关联的时候，不要把自己限定在显而易见的关联中——试着去寻找那些奇异的联系。用插花的形式表现你最喜欢的一段音乐，以诗歌为启发做一顿饭，给你的爱人或朋友拍张照片，让他们摆出天文或量子物理相关的姿势。

▼ 感受世界

闭上双眼，用心感受向你袭来的各种刺激。你的脖子上有一阵微风吗？你腿上的肌肉是否紧张了？你身体各部分的感觉怎么样？远处有狗叫吗？有汽车经过的声音吗？窗外有鸟吗？你能听见几种不同的声音？它们离你多远？是从哪个方向来的？你鼻子闻到了什么气味？嘴巴尝到了什么味道？

现在睁开眼睛，仔细观察四周。你周围有几盏灯？在你所见范围内，有没有你长时间来从未认真看过或想过的有意义的东西？你面前的桌上是否摆着一张很久没有仔细看过的照片呢？

我们很容易在繁忙庸碌的生活中走丢，失去有意识的思考能力，对身边真实的世界视而不见。你可以通过对身边感官环境的细节多加留心来增强你的创意。想一想，怎样才能养成更好地观察生活的习惯？比如说，选择一天中某个具体的时间或者重复性的活动作为提示——比如起床后刷牙时，或者坐下来吃早餐时。某一天，你可能对声音比较敏感，另一天，你可能会注意到触感和温度。把这些知觉用到你正在创作的作品上，它们会提高你指导演员表演的能力，增强你改写剧本的本领，激发你选择布景与道具的灵感。

▼ 做笔记

用一本笔记本专门记录你的观察。把它放在伸手可及的地方，写下你对事物的印象，画一些能够提醒你所见所闻的草图。电影人和教师迈克尔·拉毕格在他的《开发故事创意》一书中提出过一套思考和记录这些观察的方法，他将其分为"角色""地点""主体""场景""幕"和"主题"等类别。也许你能根据自己的感觉，分出新的类别，比如"印象""对话""幽默""标题""冲突"和"矛盾"等。

▼ 与物品的感情生活

环视你的房间，随意挑拣四五个无生命的物品。如果可能，把每个物品放在手中，或站到它旁边，用手指抚摸它。想象通过触碰和仔细观看，能感受到它的精髓。想一下每个物品存在的理由，然后想象该物体与你之间的感情联系，以及可能面临的戏剧冲突。当杯子里的咖啡被喝完后，你是什么心情。墙上挂在一起的这两张画之间有什么感情联系？

选择其中的一件物品，然后创造该物品的"背景故事"，弥补它进入你生活之前的故事，以及进入你生活后与你发生的感情联系。想象这件物品成为电影道具后会起到哪种隐喻效果。

▼ 白日做梦

哪些活动能帮助你的大脑充满创意思维？什么能帮你停止对于截止日期的恐惧，以及一直盘踞在大脑中的忧虑？最有帮助的活动通常并不需要我们倾注所有注意力，而且几乎是非语言的，比如玩耍或是听音乐（尤其没有歌词的音乐）、园艺工作、跳舞、徒步旅行或是躺下观赏云彩的形状。

试着每天花上几分钟，使自己处于梦幻的状态。随着你的思绪游走，而不加任何引导。让大脑内部的各种担忧"沸腾"，然后飘走。使你的大脑沉入幻想，沉浸在那些奇妙的有意义的记忆中。

▼ 建立新的联系

我们大脑中"联结"某物和某物的部分，无论是单词、形状、颜色、声音或是其他，在创意活动中都起着关键作用。激发这个联结反应的一个方式就是先清理并放松你的大脑和身体，然后以自由的形式给纸上的单词"生群"。

先拿出一张白纸，在中间写下一个单词。你可以从任何一个词开始：窗户、蓝色、枕头、中午、脚尖、逃离、雪球或是其他任何一个单词。在单词周围画一个圆圈。很快，像做游戏似的，不经过任何思考或判断，从这个词语开始画一条线或是箭头，并写下任何一个进入你脑海的其他词语或词组。把这个短语或词组画上圈，然后从开始的两个步骤中任选一个，再接着写下另一个词语。接着，你可以在词语之间随便跳跃，在纸上的任意词语之间创造新的连接。

几分钟之后，你会有一大团词组通过大脑的联想而联结。仔细看纸上联结的不同领域，是否有某一团词组让你觉得非常有趣。再花几分钟用这一词组写下灵感或随意涂画。尽全力跟踪你的思路，并注意你的直觉与大脑建立的联系。

每当你想要让创造力流动时，就可以用这个技巧，尤其当你正在创作时（关于某一场景、某个人物、如何打光、设计整体色调等）或是在创作过程中遇到卡顿时。

▼ 落地原则

回想你生活中成功与失败的合作经历——远足野营，参加一个乐队，或者投身社团活动。列出你认为在成功合作中起决定作用的 10 项或更多的个人品质与工作习惯，例如沟通能力、热情、驱动力、谦逊、有经验才干、互相信任、自立、诚实、幽默感等，把这些按照你的标准排出先后次序。

让你的同事或朋友也列出一个清单，交换你们的清单，讨论一下在项目中如何同拥有不同品性的人合作。例如，对你来说，可能与合作者直截了当的沟通比较重要，但对别人而言，可能会觉得避免冲突更为重要。还要思考一下你的习惯是否与他人相融合。你喜欢赶着截止日期完成任务，还是喜欢提早完成？你是否很有条理，注重细节，对那些缺乏条理的人非常反感？评估你的适应能力、灵活性以及与他人合作时的沟通技巧。

▼ 创造力环境

你是在一个有合作氛围的环境中工作吗（不管这个环境有没有散发着创造力）？如果你所在的环境不是这样的，那回想你以前待过的环境。可以是任何的经历——学校的科研项目，课堂陈述，或是社区公园，当地剧院。在这些环境中，有哪些特质和元素能帮助你在工作中更有创造力呢？这些问题或许可以帮你认识环境与创造力之间的关系：每个置身其中的人是否都能感觉到自己在做贡献？即便是很冒险的想法，大家也都接受吗？探索某个东西或是解决某个问题的时候允许失败吗？你的同事是否感觉到他们的工作备受重视，得到欣赏？你告诉跟你共事的人，你对他们的工作有多重视了吗？思考这些问题，可以为你今后与他人合作时制订不一样的方案。

▼ 深度倾听

好的倾听技巧对于成功的合作至关重要。有个方法可以检验你的沟通水平：向长期合作的同事或好友提一个问题，而你对这个问题的领域拥有独特的观点。认真倾听他们的回答，一次也不要打断他们，然后重复他们说的观点，并问对方你的理解是否准确（"让我来看看我是否理解你的意思……"如果你的理解有漏洞，就提出问题"你能告诉我更多关于……"）。这对你来说是一个挑战吗？如果是，当你在谈话中打断别人时让人给你指出，并告诉你什么时候你看起来是在认真地、饶有兴趣地倾听。再次强调，好的倾听技巧对成功的合作至关重要！

▼ 融入骨髓

康拉德·霍尔描述他在读剧本时"读了一遍又一遍，这剧本已经融入骨髓了"。找一部小说、短片剧本或者梗概——可以是你打算加入的一个项目，抑或是你想改编成电影的一部短篇小说。在几天或几周之内，至少读五遍。每次都尝试对这个故事的潜在意义有更深入的理解。圈出关键的视觉形象、声音以及重要时刻。在空白处记上笔记：这个故事讲了什么主题？每场戏讲了什么剧情？一旦你觉得剧本已经"融入骨髓"了，就赶紧将这些创造性决定记下来：角色分配、设计、摄影风格或音效背景，这些都会有助于增强电影的潜在意义。

▼ 过滤反馈意见

你是否很反对别人的意见？还是你过于重视反馈意见？在评判和过滤建议上，你如何表现？拿出你富有创造性并引以为傲的东西，可以是一幅素描、一首诗、一首歌、一部剧本、一次特殊的聚会等，给你的朋友看，寻求反馈意见。征求一些建设性的、率真的、具体的意见。当你拿到反馈意见时，不要争论，也不要同意。先表示感谢，然后拿回去好好想想，至少想一天，再决定你同意哪些部分，不同意哪些部分。如果有一个具体的意见一直在你耳边回响，就去做更深层的探索。表面上看来，它可能是"错误"或不合理的，但通过深层探索会给这些看似难懂、难以做决定的问题提供一些线索。

梳理你得到这些建议时的感受，如果你觉得紧张、焦虑或者有所防御，那么你并不孤独。如果你很快就同意这些反馈意见，那就和其他朋友一起再次尝试这个过程，一直尝试，直到你在决定听从什么、无视什么时感觉轻松，胸有成竹。这个热身练习的目的是为了给自己找到恰当的平衡。

▼ "我从电影或电视中学到的"

列举出十项你通过看电影学到的关于人生的东西。不是要写有关你从电影制作中学到了什么，而是对你来说找到生活新的方向，或是改变你思想的一些体会。尽力寻找一些跟其他相对严肃的作品相比更幽默的东西，这种对电影的思考也会对你的短片创作产生影响。

责任编辑：朱羽弘

装帧设计：秦逸云

责任校对：朱晓波

责任印制：汪立峰

图书在版编目（ＣＩＰ）数据

新媒体短片剧本创作 / 赵丹著 . -- 杭州：浙江摄
影出版社 , 2021.5（2025.1 重印）

北京电影学院视听传媒专业系列教材

ISBN 978-7-5514-3138-5

Ⅰ . ①新… Ⅱ . ①赵… Ⅲ . ①剧本—创作方法—高等
学校—教材 Ⅳ . ① I053.5

中国版本图书馆 CIP 数据核字（2020）第 242168 号

北京电影学院视听传媒专业系列教材

XINMEITI DUANPIAN JUBEN CHUANGZUO

新媒体短片剧本创作

赵 丹 著

全国百佳图书出版单位

浙江摄影出版社出版发行

地址：杭州市环城北路 177 号

邮编：310005

电话：0571-85151082

网址：www.photo.zjcb.com

制版：浙江新华图文制作有限公司

印刷：浙江新华印刷技术有限公司

开本：710mm×1000mm　　1/16

印张：10.75

2021 年 5 月第 1 版　　2025 年 1 月第 4 次印刷

ISBN 978-7-5514-3138-5

定价：48.00 元